辦桌

人物介紹

紀有福　男　七十二歲

人稱「阿福師」，個性拘謹不愛笑，年輕的時候聲音宏亮霸氣十足，但隨著時間流逝，歲月在臉上留下痕跡。原是辦桌業數一數二的總鋪師，但面對家道中落的情況感到十分憂心與難過，將事業交給兒子後就過著含飴弄孫的生活。

紀永安　男　四十八歲

阿福師的長子，圓胖的身材看起來很像彌勒佛，不笑的時候看起來很兇，連鄰居的孩子看到他都會哭，但其實他對人很親切和藹並且很擅長與人交際。雖然傳承了爸爸的好手藝，但是剛好碰上時代變遷，漸漸沒落的辦桌業讓他覺得時不我與。

賴心媛　女　四十八歲

永安的妻子，燙著一頭短捲髮，身材纖細與娃娃臉讓人看不出年齡，是永安很

得意的賢內助兼會計。不但學會婆婆的手藝，而且只要丈夫需要幫忙，絕對義不容辭，是個很理性的女人，也因為丈夫忙著生意，孩子的教育都由她一手包辦。

紀天樂　女　二十二歲

永安的長女，身材跟爸爸一樣都是圓胖型，留著妹妹頭和長直髮，對於美式教育與生活方式十分憧憬，希望未來可以出國拓展視野。目前就讀外語系但沒有住在家裡，原本衝動的個性隨著日子成長而變得穩重。

紀宇超　男　二十歲

永安的長子，理著小平頭、身材是標準的黃金倒三角，濃眉大眼長得很帥。目前就讀餐飲系，最大的目標就是考到各種廚師執照並且改良辦桌業。雖然小小年紀卻很有抱負與理想，心智年齡也比同年齡的孩子成熟許多。

白青龍　男　五十二歲

黑道大哥，留著小平頭，平時喜歡穿夾腳拖鞋與花襯衫，搭配一件黑西裝褲與西裝外套，雙手與背後整片都是刺青。人很海派，不喜歡用暴力解決問題，是個很有頭腦的「大哥」，因緣際會認了天樂當乾女兒。

目次

天后宮

01 成果發表會

「天樂，妳在哪裡呀？成果發表會都要開始了。」電話那頭傳來同學著急的催促聲。

眼前車水馬龍、人來人往的情況讓站在國貿大樓對面的天樂感到十分焦急。

「趕快來喔！好多外國嘉賓都就坐了，系主任也一直問妳在哪裡。」同學這麼一說，讓天樂更緊張了。

「好、好，我馬上到。」好不容易等到行人號誌變成綠燈，天樂三步併作兩步朝國際會議廳跑去。

今天是個很重要的日子，不但是畢業成果展，還是一個可以推廣自己的家族事業的大好機會。但昨天晚上因為太興奮，導致凌晨四點才睡著的天樂，今早果然在預料中遲到了。

為了趕時間，天樂連電梯都不等，拎起高跟鞋連跑了六層樓，正當她氣喘吁吁的推開禮堂大門時，映入眼簾的是許多洋人的面孔，還有幾天前系主任帶領畢業班佈置的那些花卉和場景。在禮堂的最後面放著茶水和點心供嘉賓食用，精緻的餅乾

和小蛋糕是餐飲系學生們的成果，因為兩系的主任是夫妻，所以英文系的成果展都會有餐飲系的「友情贊助」。

「天樂！」同學一看到自己，立刻上前。

「怎麼現在才來？」

「不小心睡過頭了……」天樂不好意思的笑了笑。

「天樂，快點到妳的位置準備。」系主任看到最後一個抵達的學生，心中的大石頭也稍稍放下。

天樂把拎在手中的高跟鞋穿上，快速走到舞台後面跟操控投影機的同學接洽。

「天樂，妳的簡報好精緻喔！上面好多菜色看起來都好好吃耶！」操控投影機的同學說。

「那當然，那是我爸跟我弟親自下廚、擺盤的呢！」天樂得意的說。

「等一下還會給你們一個大驚喜，請拭目以待。」天樂開心的看著自己的簡報，裡頭的影片、照片都是自己跟著爸媽到處拍攝的成果。

「好喔！希望妳這個壓軸會給我們的成果展帶來完美的結束。」同學說。

「這是一定要的啊！」天樂自信的回答。

※

回想起半年前……

「同學們，距離畢業還有大約半年的時間，按照以往慣例，今天要討論成果展的主題。但較以往不同的是，今年會有許多外國嘉賓蒞臨，所以即將在國際會議廳裡舉辦，題目就在你們剛才抽的籤上，都是介紹台灣文化，請妥善準備。」在台上的系主任滔滔不絕的講著，相較於台下悶悶不樂的天樂，簡直是兩極之差。

「天樂，妳是幾號啊？」坐在隔壁的同學探頭探腦的問。

「二十。」天樂五味雜陳的攤開抽到的紙張。

「最後一個啊？」隔壁同學驚呼。

「對啊！不知道該開心還是難過。」天樂無奈的說。

「我是一號，我才不知道該開心還是難過吧……」隔壁同學發出哀怨的聲音。

「一號很好啊！快點講完就可以結束了，我還要忍受前面十九個同學的煎熬。」

「怎麼說？」

「最後一個壓力很大呢！如果做不好就毀了前面同學的苦心。」

「如果妳做得好，不但會替系上加分，搞不好還會受到國外教授的青睞耶！」

「這大概是唯一值得慶賀的吧！但前提還是要自己能夠發揮得當。」

「妳可以的啦！妳是我們班上最能言善道的人，這難不倒妳。」

「話是這麼說沒錯，不過妳看看我抽到什麼題目。」

天樂無奈的將手中紙攤開，那工整的字跡是系主任親筆寫上的，斗大的「辦桌」二字清楚的印在白紙上。

「感覺好難喔！」隔壁同學再次傳來驚呼的聲音。

「你的題目是什麼？」天樂轉頭詢問。

「陣頭。」

「我跟你換！」隔壁同學才剛說完，天樂就遞出自己的紙條，一臉誠懇的要求交換。

「幹嘛交換？天樂，妳家不就是辦桌業嗎？」坐在前方的同學轉過頭來一起參與討論。

「是沒錯啦……」想不到反駁的話語，天樂收回剛才殷切的期望。

「是喔！那妳真的賺到了耶！」隔壁同學拍了一下天樂的肩膀羨慕說道。

「對啊！比起你們兩個的題目，我的好像比較簡單。」

前方的同學秀出了自己抽到的題目，整齊的三個字秀在天樂與隔壁同學的眼前——「布袋戲」。

「哇！真的很好發揮耶！前幾天文化課才講到而已，妳可以去跟文化老師討論了。」隔壁的同學和天樂都投以羨慕的眼神。

「嘿嘿！我很幸運吧！天樂，妳的題目也不難才對，妳爸媽就是最好的資料來源啊！妳家不是三代都是辦桌業？」前方同學提供了建議，但反而讓天樂的心情更加不悅。

「我……」

到嘴邊的話被天樂硬生生的吞回去，她不知道抽到家族事業這件事情到底該開心還是該難過，畢竟那是自己從小到大最討厭的行業。

「同學們，趁著這次春假有一個禮拜的假期，好好的去蒐集資料，還有沒有其他問題？」伴隨著下課鐘聲，系主任作完最後確認之後便離開教室；同學們也一哄而散到處去找靈感跟資料；只有天樂一個人悶悶不樂的收拾書包，不知道該從何下手。

「鈴——鈴——鈴——」一陣悅耳的鈴聲響起，天樂拿起手機按下通話鍵。

「天樂啊！這禮拜放春假有沒有要回來？媽祖廟這幾天都有廟會，很熱鬧喔！」電話那頭傳來一個中年婦女的聲音，溫柔慈祥帶有點磁性。

「媽，這禮拜開始要做畢業專題，可能會很忙，就先不回去了。」天樂婉拒了母親的詢問。

「這樣啊……好吧！那不勉強妳了。只是媽媽很久沒看到妳，想妳了。」

「好啦！如果有空我會回家的，先這樣，我要去圖書館找畢業專題的資料！」

「好，那妳自己在外一切要小心喔！」

「嗯！我知道了！妳跟爸也要多注意自己身體喔！」掛掉電話，天樂朝圖書館走去。

已經一個多月沒回過家的天樂不是不喜歡回家，而是想到家裡的行業就覺得反感，摸著手上被油燙傷的疤痕，她對於「辦桌」這個行業還是很不能諒解。

走著走著，天樂來到圖書館，面臨一整櫃排列整齊、上頭標示著「台灣文化」的書，她開始慢慢瀏覽找資料。

不知道是上天的旨意還是圖書館沒有館藏，天樂能找到的資料竟然屈指可數。

「什麼嘛！不是號稱全中區最大的圖書館嗎？怎麼與辦桌相關的書籍這麼少啊！」天樂一邊抱怨一邊拿著手中那大約零點二公分薄的書，裡頭除了介紹台灣地區的辦桌行業之外，還附上幾道菜色。

01 成果發表會

如果只是給一般人閱讀，那這本書給的資訊的確足夠，但天樂可是要做畢業成果展的，這些資料絕對無法對嚴格的系主任交差。

「是上天的旨意要我回家啊……」天樂把那本幾乎對自己沒幫助的書放回原位之後，哀怨的坐在中庭花園沉思。

「鈴——鈴——鈴——」熟悉的鈴聲再次響起。

「找我什麼事？」看了一眼顯示來電，天樂口氣平淡的說。

「姐，爸跟媽說這禮拜有廟會耶！妳要不要回家？媽說妳很久沒回家了！而且學校不是放春假了？」說話者是一個男孩。

「喔！我知道啊！媽媽前幾分鐘才打給我而已。回家的事再說吧！我要做畢業成果展，可能沒時間回家吧！」天樂很隨意的回覆了自家弟弟的問題。

「那妳的主題是什麼？」弟弟又問。

「關你什麼事？」天樂冷淡的回著，她深怕自己一將題目說出，就會被強行要求回家。

「妳很冷漠耶！」那頭傳來哀怨的聲音。

「回家一趟啦！盡點當人家女兒的義務嘛！爸媽都讓妳住在外面了，妳這麼久沒回家很冷血耶！」

「紀宇超先生，你是太久沒有嚐到你姐的拳頭，忘了那滋味了是吧？」天樂沒好氣的說。

「哪敢啊！這樣以後誰教我英文？」電話那頭又是嘻皮笑臉的態度。

「好啦！好啦！會找時間回去啦！真囉嗦！」雖然天樂這麼說，但她其實很感謝自家弟弟，大概是年紀相仿，雖然小時候常吵吵鬧鬧、打來打去，但年紀越大兩人的感情越好。不過通常對話模式就像這樣，一定有一方口氣不怎麼好，然後另外一方就陪笑臉。

「那就這麼說定囉！妳這週末要回來時順便幫我帶珍珠奶茶跟雞排，先謝謝妳的請客啦！」

未等天樂反應，電話那頭就傳來「嘟嘟嘟」的斷訊聲。

「喂……吼！這小子每次都來這招……」掛上電話天樂滿臉不悅。每次弟弟只要有事情拜託，不管她說什麼對方總是自己決定，天樂雖然會抱怨幾句，但是疼愛弟弟的她每次都還是答應他所要求的事。

走回宿舍，天樂心情又更加沉重了。

「咦？天樂，這次放假妳要回家呀？」一旁日文系的室友邊讀著日文一級檢定邊說。

「對啊！為了畢業成果展。」天樂一邊收拾包包一邊無奈的回應。

「妳也很久沒回家了，回去看看總是好的！」室友安慰的說。

「嗯……」天樂沒有回應什麼，畢竟這也不是自己想要的。

「這麼久沒回去，妳都不會想家喔？」室友又問。

「想家喔……還好耶！」天樂拿起手機，塞進包包旁的小袋子裡。

「妳還真獨立。要是換成我，只要兩個禮拜沒回家就一定會在電話那頭哭得唏哩嘩啦，所以我決定上完明天的課就要立刻回家。」

「那是因為妳家有溫暖。」

「妳家沒溫暖嗎？」

「也不是……該怎麼講啊……」

「妳爸媽在我們一年級開學那天載妳來宿舍時，看他們對妳很照顧呀！而且妳弟跟妳的感情也很好，是發生什麼事嗎？」

「也不算發生什麼事啦……」

「可是我跟妳當了四年的室友，發現妳很少回家耶！一個月有回去一次都算是奇蹟了。」

「哀……我也不知道為什麼我會這麼不喜歡回家，大概是因為跟家裡的行業有關吧……」

「天樂，不管妳家裡的行業是什麼，妳爸媽畢竟都從事這項行業把妳拉拔長大的，即便妳再怎麼不喜歡回家，還是要盡子女的義務，表達對父母的感謝。」

「知道了……」

「唉唷！妳開心點嘛！笑起來明明就很漂亮，怎麼總是皺眉頭？」

「哈哈哈！這樣可以嗎？」

「……」

「哈哈哈！」天樂乾笑三聲，反而驅走了原本沉悶的氣氛，跟室友兩人哈哈大笑起來。

「好啦！妳遇到什麼事情要跟我說，不要悶在心裡，這樣很容易得憂鬱症。」室友關心的說。

「我知道，妳對我最好了！」兩人雖然是不同科系，但畢竟是朝夕相處了四年的同寢室友，兩人的感情比親姐妹還要親。

「雖然我要準備日文檢定，但妳如果有心事還是可以跟我講，陪妳聊到天亮也沒關係。」

「我怎麼可能打擾妳呢？一年一次的檢定很重要耶！不過還是謝謝妳啦！那我先回家了，趕火車可不是件輕鬆的事。」

「好，注意安全喔！」室友關心的說。

天樂揹起行囊，踏上返鄉的路，雖然百般不願意，但是天樂還是要對自己的畢業成果展負責。

「也許回家是最快解決煩惱的途徑吧！」天樂在心裡這麼想著。

戴上耳罩式耳機，天樂把音樂轉得稍微大聲些，希望藉由這些輕快的旋律可以降低天樂心裡的那股不安感。

02 天樂的回憶

上了火車的天樂找了個角落的位置坐下來，耳機裡傳出充滿節奏感的音樂，歌詞的大意是讓人要堅強。天樂喜歡聽這類的歌曲，大概是因為一個人在異鄉努力，又不想被看輕，藉由這些音樂、歌詞能夠讓自己多點信心。

「哀……小時候不是很喜歡去幫忙辦桌嗎？怎麼現在只要提到回家，就會充滿恐懼？」天樂看著窗外的風景倏忽即逝，喃喃自語的說。

的確，當自己還是小學生的時候，很喜歡跟著爸媽到處辦桌，那種人山人海的盛況，還有小小年紀能夠一起幫忙的成就感，最重要的是幫忙完之後親朋好友都會摸著自己的頭講上幾句誇獎的話。雖然常常累得隔天上課都會遲到、渾身腰痠背痛，但是那時候的自己卻很享受幫忙的感覺。

上了國中之後，課業變得繁重，遇上辦桌不但要犧牲唸書時間，假日也無法跟朋友出去逛街、吃飯，漸漸的同學也不會找她一起出去玩。隨著年紀增長，爸媽都放心讓自己幫忙端些湯類的菜餚，但只要稍微不注意就會被燙到，幫忙炸東西時一不小心還會被熱油噴得滿手都是疤痕。但個性倔強的天樂不願意讓別人知道自己受

傷的事情，怕被嘲笑是「肉雞仔」。

每當夏天一到，別人可以穿著清涼的夏裝，但自己卻要用許多化妝品掩蓋手上的疤痕，或是穿薄薄的長袖上衣遮掩。就因為前述的事項，讓天樂越來越討厭辦桌、討厭那油膩膩的環境，甚至還選了外縣市的大學就讀。只要家裡打電話來說辦桌需要幫忙，她一律推說學校有事，寧可自己窩在宿舍讀書也不願意回家。久而久之爸媽打電話來也不會要她回家幫忙，只要好好照顧自己就好。

「我這雙手可真會抽……抽到這什麼爛題目。」想到這些天樂就覺得很無奈，明明小時候懂得家裡人的辛苦，怎麼長大後反而如此排斥。

「算了……當作是去找靈感吧！」天樂這麼安慰自己。

火車經過一站又一站，天樂看著人群在車站裡進進出出，不知怎的也想到上次自己搭火車離開家的情況，那應該是一個多月以前的事了。當時爸媽和弟弟就站在月台，媽媽淚眼婆娑的拉著自己的手，交代著晚上睡覺要蓋被子、肚子不要餓著、有空要常回家。

爸爸雖然不善於言語，但也用行動表示了對天樂的關愛，拿了許多食物讓天樂帶回宿舍，像是深怕自己女兒餓著一樣。

而跟自己感情好的弟弟也在一旁拉著衣角，依依不捨的提醒天樂下回回家要記得幫他買珍珠奶茶跟雞排，那是他想念很久的味道。想到這裡，天樂的嘴角微微上揚，畢竟爸媽對自己的關愛可是二十幾年來從沒少過。

「下一站……」就在天樂沉浸在過去回憶中時，火車上的廣播系統廣播著下一站的站名，而那也是天樂的家鄉。站起身，天樂拿起身旁的行李，等待火車停下的時候，步出車站。

※

天樂家離車站並不遠，走路的話十幾分鐘就會到。除非是雨天，不然天樂都是自己走回家。沿路看到曾經就讀的小學和中學，天樂內心滿滿都是回憶，小時候一起在大榕樹旁追逐、爬樹，一起去溪裡釣青蛙兼抓蝌蚪，去野外抓蝴蝶然後再把牠們放生，看著牠們翩翩起舞的樣子孩子們都樂得拍手叫好，或是在夏天的時候一起騎著腳踏車壓馬路，又或者三五好友相約去鬥牛。一樣的風景卻人事已非，小時候的那些玩伴也都選擇不同的大學各奔東西，朝自己的夢想邁進。而廟會也讓原本寧靜的鄉下在這趟回程多了吵雜的點綴。

「廟會啊……是我太久沒有回來，還是真的好久沒有這麼熱鬧了？」天樂邊走邊看周圍的情況。

李大嬸在曬酸菜還有菜脯；林爺爺和陳爺爺依然在大榕樹下對弈象棋；那間土地公廟依然香火鼎盛、香客絡繹不絕。天樂慢慢往家裡的方向走去，心想原來歲月催人老是真的，雖然村民們做著一樣的事情，但臉上都已佈滿歷史的痕跡。在下棋的兩位爺爺不知何時身邊多了拐杖；李大嬸的酸菜和菜脯也沒有以前那麼多了，不知道是體力下降還是時機不好，所以數量才銳減了吧！

「天樂！妳怎麼回來了？不是說這星期學校有事，會比較忙嗎？」一接近家門口，在曬衣服的心媛眼尖的發現了自己的女兒提著大包小包往家的方向走來。

「沒有啦！這次系主任說畢業成果展是『辦桌』，我就想說剛好家裡也是這個行業，回來問問妳跟爸，勝於找資料找得天昏地暗。」天樂據實以告。

「如果我跟妳爸可以幫上忙，那真的是太好了。來，先去把行李放下，會不會餓？媽媽去煮麵給妳吃。」

「媽，妳不用忙了啦！我沒有很餓。」

「姐！妳回來啦？」聽到天樂的聲音，宇超從門口那邊探出頭來。

「拿去，你的雞排還有珍珠奶茶，一共七十五塊。」天樂遞上那讓宇超朝思暮想的味道。

「嘿嘿！謝啦！錢從薪水扣。」宇超拿著那令人垂涎三尺的食物走進家裡。

「薪水……你哪來的薪水啊！」天樂先是想了一下，會過意之後便大叫一聲。

宇超沒有在打工，自然就沒有收入，怎麼可能有薪水。

「好啦！好啦！我等一下再替他把錢給妳，先進來放東西吧！」擔心兩姐弟吵起來的心媛趕忙讓天樂進屋去放行李。

雖然一個多月沒回家，但心媛每天都會幫天樂整理房間，所以她的房間一點灰塵都沒有。

「媽媽在晴天的時候都會幫妳曬枕頭跟被子。」一邊吃著雞排的宇超站在天樂的房門口說。

「吃東西不要講話。」天樂只是淡淡的回了他這句話。

「妳不覺得自己太久沒回來了嗎？」雖然口中還咬著熱呼呼、香噴噴的雞排，但拋開剛剛輕蔑的態度，宇超這次用十分沉穩的口氣說。

「……」天樂沒反駁什麼，因為宇超說的是事實，自己的確很久沒有回家了。

「我平時雖然常常瘋瘋癲癲、嘻皮笑臉，但我至少沒讓爸媽替我擔心過，妳一個人在外面又不常回家，他們整天掛念不知道妳過的好不好。」宇超吸了一口珍珠奶茶後繼續說。

「你唸的是餐飲系，跟家裡的事業相關，你當然住在家裡跟爸學就好。我唸的是外語系耶！爸跟媽又不會講英文，我回來幹嘛……」

「妳聽聽看自己講的那是什麼話？唸外語系有比較了不起嗎？會講英文有比較

屌嗎？還不是爸媽努力賺錢讓妳去讀書的？」宇超吼著，嘴裡食物還沒有嚥下去。天樂看了先是皺一皺眉頭，然後別開視線。

宇超雖然和天樂差了兩歲，但心智上卻比同年齡的孩子還要成熟，甚至比某些時刻的天樂還要理智。也因為宇超突如其來的大吼，天樂雖然沒有與他對望，但心卻被震懾住了，她偷偷的在心裡反省自己剛才的失言。

「姐，爸跟媽都很疼妳，妳自己好好想一下是不是應該要盡一下為人子女的孝道。」宇超咬了一口雞排之後轉身離開。

天樂無力的坐在自己的床上，心裡很難過，從小都把自己捧在手心上的父母是這麼努力的工作，而自己竟然嫌棄這樣的行業。雖然天樂這麼想，但對於辦桌業的討厭程度卻依然沒有減少，她有的只是對父母的虧欠與抱歉。

「天樂，廟口那邊有活動，陪媽一起去看看好嗎？」心媛在樓梯口那端喊著。

「好——」收起難過的心情，天樂揹起小包包快步下樓，在人前，天樂還是有自己倔強的一面。

※

母女兩人慢慢的散步到廟口，看到許多攤販都在旁邊擺攤。廟門的右方是個布袋戲台，上面正上演著「桃園三結義」，而左方則是五花八門的攤商，有大腸包小腸、烤地瓜、炸雞塊、棉花糖、糖葫蘆等等不勝枚舉，有些還是天樂從小吃到大的古早味呢！

「爸爸呢？」天樂左顧右盼之後問。

「在廟後方炒菜，妳看那一桌桌的流水席都是爸爸的傑作唷！看大家吃得多開心。」心媛開心的說。

「咦?那些是什麼?」天樂指著每個桌上都有的玩偶問。

「那些是捏麵人，今年是用『十二生肖』來當作主題，也是妳爸第一次嘗試做這些守護神呢！」心媛說。

「爸爸做的?可是……爸爸不是廚師嗎?怎麼會做這個?」天樂隨手拿起一隻山羊，左顧右盼之後覺得很精緻，不但在顏色的搭配上很棒，就連羊角上的紋路也都處理得很逼真。

「妳爸可是在妳小的時候就會做這些東西了呢！」心媛的臉上充滿著驕傲，彷彿是因為自己丈夫多才多藝所以感到開心吧！

「我只有印象我會去跟爸爸要些捏麵團來玩，然後看著爸爸跟爺爺東刻西刻。原來他們就是在做這個呀？」天樂靈光一閃，也許這個題材也可以加入辦桌的畢業成果展裡面。

「對啊！妳小時候很喜歡跟爸爸躲在工作室裡面吹冷氣，然後爸爸捏大魚，妳捏小魚。」心媛回憶道。

「哈哈哈！我都忘了這些事。」天樂充滿感觸的看著眼前那些捏麵人，心中感嘆著爸爸的技巧一年比一年厲害。

「媽，我問妳喔！當初爸爸怎麼會想要做這些捏麵人啊？」天樂一邊端詳著那隻就像從畫裡跳出來的猴子，身上的毛髮雖然是用棉花黏上去的，但就跟「西遊記」裡的「齊天大聖」一樣充滿霸氣。

「這個嘛……妳要去問他唷！畢竟從我嫁給他時，他就會做這些了，基於不想干涉他的立場，所以我也沒有過問，妳自己去問他會比較準。不是很多人都在講：『女兒是父親上輩子的情人』嗎？他一定會很樂意告訴妳的。」心媛笑笑的說。

「好吧！不過他現在應該在忙。我晚一點再去找他，我先去拍照。」天樂拿起相機，走向那十二生肖之首——老鼠，開始欣賞爸爸的手工。

每一隻動物都栩栩如生，最能夠吸引天樂目光的是那隻金光閃閃、光芒萬丈、彷彿一吼就能叱吒風雲的「龍」。

「好厲害唷！」天樂站在龍的前面，有的只有滔滔不絕的佩服。

拿起相機，天樂用不同角度連拍了好幾張。

「天樂呀！妳有回來喔？」正當天樂享受著拍照的喜悅時，住在隔壁的吳叔叔走過來打招呼。

「吳叔叔你好。」天樂有禮貌的回應著。

「妳爸真的很厲害耶！能夠做出這些這麼逼真的模型，聽說隔壁村的村長這次

要全部買回去收藏。」吳叔叔用一種欽佩的語氣說。

「吳叔叔，你跟我爸幾乎是從小一起長大的，你知道他為什麼會做這些捏麵人嗎？」天樂希望可以從鄰居口中得知一點「小道消息」。

「雖然我跟妳爸從很小的時候開始就是玩伴，但其實他的嗜好跟興趣太廣泛了，所以這應該也是他的嗜好之一吧！」吳叔叔邊回憶著邊說。

「這樣啊……」天樂心理認為這是沒什麼幫助的答案，所以稍微失望了一下。

「不過我覺得，如果妳去問妳爸，應該可以知道得更詳細才對。」吳叔叔說。

「我知道了，謝謝吳叔叔。」天樂向對方鞠個躬之後，繼續將其他的生肖一一拍完。

「如果想要順利完成畢業成果展，就一定要去問問爸爸這些事情。」天樂在心裡這麼想著。天樂沒有想到，其實她的一雙父母都十分多才多藝，只是在經濟的限制下才無法發展出來，而她跟宇超也百分百的遺傳到父母的優良基因，只不過自己還沒有發掘出來而已。

03 爸爸的回憶

天色漸漸變暗，沿著道路開發所架設的路燈也一盞一盞接著亮起來。廟口的活動依然沒有冷場，布袋戲上演一齣又一齣歷史名劇，小吃攤也一直補貨，遊客們更是絡繹不絕，一直湧進這個小村裡。

天樂逛一逛後發現自家父親好像還在忙碌中，而那健談的母親則跟住在隔壁的阿姨渾然忘我的聊起來。但是天樂已經累了，所以就想

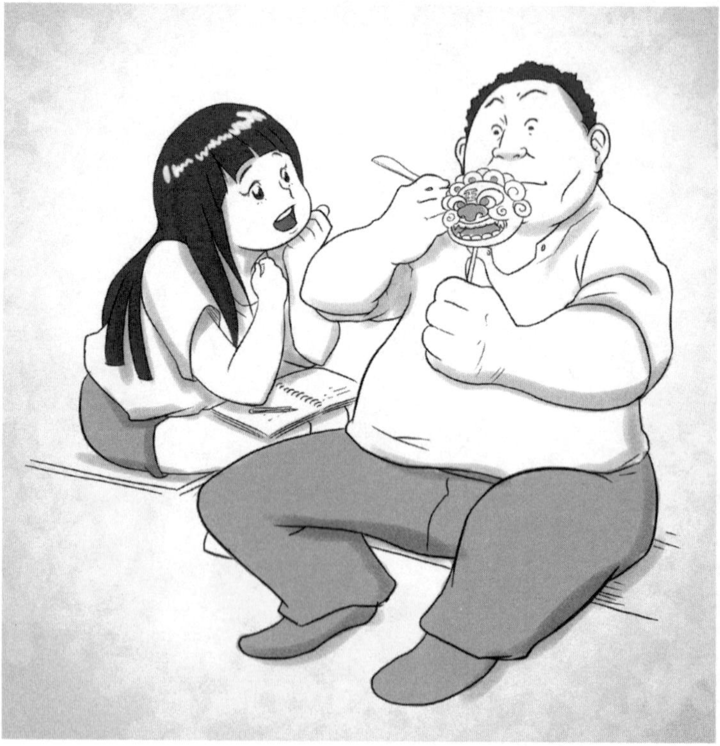

先回家休息，畢竟坐了四個多小時的火車，又逛了這麼一大圈的廟口，體力跟精神都消耗許多。

「天樂，妳有回來呀？」正當天樂準備回家時，永安從廟的後方走出來。

「爸，我回來是要問你問題的。」天樂見機不可失立刻上前。

「什麼事？」永安將擦手的抹布放在一旁，仔細的看著自己的捏麵人有沒有被人為破壞。

「學校要做畢業專題，我剛好抽到『辦桌』，想說問你應該會比較快，省得我浪費太多時間在找資料上面。」

「這樣啊！好啊！妳要聽哪一部份？」永安的視線依舊盯在捏麵人上。

「……其實我對辦桌一竅不通，所以……從你小時候開始說吧！」天樂搔了搔頭後說。

「今天太晚了，明天吧！」一向不擅於跟女兒說話的永安簡短的說。

「好，那我明天再問你。」天樂已經覺得精神不濟了，聽到永安這麼說就想先回家。

「嗯！路上小心。」永安就是這樣，明明廟口到家裡也才一小段路，但是愛女心切的他卻還是會用很簡短的言語表達關心。

※

隔天早上，天樂睡到快十點才起床。

「媽媽！爸爸呢？」從樓上蹦蹦跳跳下來，天樂一把將另一間房的門打開，問著裡頭正在畫圖的媽媽。

「不是跟妳說進房間要先敲門？妳爸在工作室裡。」心媛彷彿是已經聽到天樂的腳步聲，完全沒有被嚇到的樣子，她停下畫筆抬頭對天樂說。「電鍋裡有蛋餅和豆漿，餓的話就拿去吃。」

接著心媛又低下頭，開始一筆一畫的描繪著菩薩像。

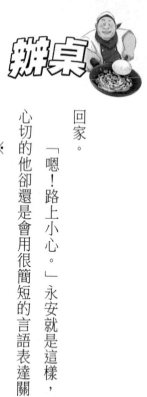

「今天沒有工作呀？」天樂看到心媛專注的畫著佛畫，不免疑惑的說。

「有啊！但那是晚上的事情。趁著有空，要趕快先把畫完成。」心媛這幾年都

十分崇尚佛法，所以也去學了佛畫。

「這樣啊！那我先去找爸爸。」天樂轉身輕輕的關上房門，然後拿著錄音筆還有筆記本朝永安的工作室走去。

「叩叩叩！」這次天樂記得剛才媽媽對自己的交代，要先敲門。

「請進。」裡頭傳來自家爸爸的聲音。

「老爸，早安。」天樂有禮的問安。

「嗯！」永安頭沒抬起，只是盯著眼前的麵糰，雙手也沒停過，不停的用工具雕塑眼前的動物，那看起來像一頭獅子。

「老爸，我吵到你工作啦？」天樂拉了一張椅子，將錄音筆還有筆記本放在桌上，看著頭都沒抬起的永安，天樂擔心自己耽誤到他的進度。

「沒有。」永安回著依然簡短的話語。

「那你就從辦桌的起源開始講吧！我洗耳恭聽。」天樂按下錄音鍵，拿起零點三八的藍色原子筆準備記下爸爸的敘述。

「辦桌喔……」雖然那雙手一直都沒有停過，但是天樂知道他已經進入沉思狀態。

「在大約六、七零年代的農業社會裡，鄉下人對於專門外燴、替人辦桌的人稱為『總鋪師』，這個職業是人人都羨慕的行業，早年在農業社會裡很吃香。」永安緩緩的說。

※

二十幾年前還住在三合院時……

「永安、永安，起床了！」隨著急促的敲門聲，我抬頭看著一旁的鬧鐘。三點二十分！天都還沒亮到底是誰在門外喊得這麼緊急？

「永安，快點起床！」仔細一聽，原來是人稱「阿福師」的爸爸。

「爸，什麼事？現在天都還沒亮耶！」看著心媛在我身邊睡沉的樣子，昨晚天樂又哭又鬧一定累壞她了。

「今天中午有一百八十桌，快起來跟我一起去市場批貨。」把房門稍為打開，

爸爸神采奕奕的站在我前面，昨晚不是比我還晚睡，怎麼現在精神這麼好？

「現在？才三點多耶！」強忍著睡意，我揉了揉眼睛說。

「都當人家父親了，怎麼還像個孩子一樣貪睡呢？這樣將來怎麼接我的位置？如何將家族事業傳承呢？」爸爸眉頭一皺，不悅的說。

「好好好！我跟你去批貨就是。」受不了爸爸的囉嗦、碎念與堅持，我隨便換了一套便服就跟他出門。

「我的女兒才剛剛出生，我就不能多陪一下我的妻小嗎？」雖然在心裡這麼喊著，但我還是沒有勇氣說出口，畢竟爸爸的嚴厲是眾所皆知的，身為長子也只好接下這個擔子。

「爸，你中午是要幫誰辦桌啊？」昨天福氣村的村長以及安康里的里長為了聘請爸爸辦桌，兩人爭執不下，還在爸爸的面前吵起來！那今天中午到底是接誰的案子？

「福氣村長的女兒今天中午出嫁，安康里長的兒子今天晚上娶媳婦，我好說歹

說才讓他們其中一個將時間延到晚上。整個大台中的總舖師寥寥無幾，雖然我也是其中一個，但我們這群總舖師都有各自的地盤，如果想要讓我辦，就看誰出的價碼高，不然就只好另聘高就。我是誰都不想得罪，所以才跟他們挪時間。」爸爸一邊開車一邊說。

「話說你不但是我們天樂的阿公，還是北村的和事佬耶！」

「這兩件事情有相關嗎？我不阻止他們兩個吵架，難道要打到出人命？」

「你怎麼幽默感這麼低……」

「等天樂長大，你就知道為什麼我幽默感低了。」

當時的天色幾乎都還是昏暗的，只有天邊微微露出一點魚肚白。我跟爸爸抵達漁港後，就開始準備要去挑選當天最新鮮的漁獲。

「阿財，今天的鮪魚有沒有先幫我留起來？」爸爸對著一個年約四、五十歲的阿伯打招呼。

他身上有一條深藍色的圍裙，腳上是一雙深藍色的雨鞋，港口常常溼答答的，穿雨鞋能防滑。

「有啦！你是『阿福師』耶！阿福師交代的事情怎麼可能忘記。」阿財伯跟爸爸很熟稔的攀談起來。

「全部都幫我包起來，還有帝王蟹也給我一箱。」爸爸一邊看著才剛從海上撈起來的海鮮一邊指著說。

「好好好！今天什麼日子要用到這麼多海產？」阿財伯一邊包裝一邊問。

「還不就是福氣村長和安康里長，一個嫁女兒、一個娶媳婦，都交代菜色要體面。」爸爸拿起一尾龍蝦，端詳了幾眼，也將牠一同放入裝滿冰塊的保麗龍箱裡，據說這樣可以延長新鮮度。

「你今天帶永安來，是準備要交棒了是嗎？」阿財伯包裝完後看了我一眼，笑著對爸爸說。

「都長這麼大，還當人家爸爸了，也是該學一點以前沒有教他的事情。」爸爸的眼神依然放在那一尾又一尾肥美的龍蝦上。

「永安啊！你可要好好學呢！你爸只要有接到訂桌，都會很早就來我這裡拿漁獲，食材的新鮮度都沒話說的！」阿財伯拍了拍我的肩膀說。

「是的，謝謝阿財伯。」也不知道該回覆他什麼，就……只好道謝了。

「好，就這些，等一下幫我送到家裡。」爸爸站起來後跟阿財伯寒暄幾句就離開漁市了。

「爸，為什麼我們不直接自己拿回去就好？」既然大老遠跑來，為什麼還要請別人幫我們送呢？

「阿財家的經濟狀況不是很好，讓他跑這一趟也可以把車錢多算一點給他，直接給他的話他不會收，那我們就轉個方式幫助他。」爸爸放下手煞車，左顧右盼之後便駛出漁港。

原來爸爸沒有表面的那麼嚴肅，其實也有一顆善良的心呢！

※

回到家時大約早上七點多，我躡手躡腳的推開房門，只有一個月大的天樂還在

嬰兒床裡睡得香甜。我走過去捏了捏她的小臉，她的小手就在一旁晃著，那雙套著襪子的小腳也踢了兩下。我真的當爸爸了呢！感覺好不可思議。

雖然女兒睡得很沉，但是心媛已經不在床上了。

「老婆，怎麼不多睡一下？」走到廚房，果然看到正在煮稀飯的心媛。

「怎麼可能多睡一下？再睡下去，你媽都要衝進來把我從床上挖起來了。」心媛無奈的笑著。

「……」我用沉默表示無語，婆媳之間那微妙的關係我可不想插手。

「算了啦！誰叫我是長媳呢？晚一點要把天樂帶下來，不然她醒了沒看到我會哭的。」心媛依舊很無奈的笑了笑。

「辛苦妳了，我……」

「永安啊！快點出來幫忙啊！你以為今天中午只有十八桌嗎？一百八十桌的東西現在不趕快準備，你晚點要開天窗啊？」我才想跟心媛說聲抱歉，不好意思讓她這麼辛苦而已，媽媽就在外面催促著。

「好啦！我來了！」對著外面大喊，我對心媛比了個抱歉的手勢後趕忙離開廚房。媽媽可是這個家裡的強勢者，不聽話的下場一定會被唸得體無完膚。

才剛離開了廚房，就聽到門前庭院傳來吵雜的聲音，那些幫忙的工人應該都到了，也難怪媽媽要心媛這麼早起煮早餐。

「都二十四歲了，做事還要人家催？你這樣以後怎麼接你爸爸的棒子？」才剛踏出門檻，媽媽嘮叨的聲音立刻傳入耳裡。

「好好好！我馬上去。」看了看前庭，有兩三個阿姨正在清理海參的腸子，另外有兩三個叔叔用剪刀把那些海參剪成好幾段，那是「蠔油炒三鮮」的必備材料之一。

接著有幾個阿姨在準備「賜喜拼盤」，那是開胃菜，通常配料是固定的，但是爸爸都隨心所欲，想配什麼就配什麼，而在一旁的叔叔則是快速的切著高麗菜絲當作擺盤鋪底。另外一邊的長桌上擺滿了三百個玻璃盅，裡面放滿了佛跳牆的配料，而距離桌子不遠處的大鍋裡，就是佛跳牆的湯頭。

「快點把蒸籠的蓋子掀開，把豬腳放進去。」媽媽快速的經過自己身邊，然後兩三個叔叔合力把一百多隻豬腳分別放在幾個大的木製蒸籠裡面，然後將其一一疊起，下面的火力開到最強。

「阿花，去打電話催一下阿香，看她有沒有把甜點準備好，連同晚上的桌數一共三百盒小蛋糕和茶凍喔！」媽媽在一旁喊著。

「是。」阿花姨將手在圍裙上擦了擦後便進屋內打電話。

「永安，去試一下湯頭的味道。」爸爸一邊將肉排裹上麵衣，一邊吩咐著。

「好。」我拿起湯瓢掀起鍋蓋，一陣清香撲鼻而來，看著微微冒著泡泡的湯頭，我稍微舀了一匙放在小碗裡品嘗。

入喉時有一種甜甜的味道，接著喉嚨會感覺到涼涼的，爸爸加了薄荷在裡面！

「永安，味道怎麼樣？」爸爸不知何時走到我身邊，拿起另外一把湯瓢跟小碗一起試味道。

「我覺得還不錯，這次加了薄荷味道又更好了。」我抿了抿嘴唇，還在回味剛

剛的味道。

「嗯……有點太淡了，我再去拿些胡椒來調味。」爸爸放下湯瓢後就不知道跑去哪裡找黑胡椒粒和白胡椒粉了。

看著大家忙碌的樣子，我深深覺得要不是因為從小就在這種環境下耳濡目染，還真無法體會中午約十二點左右開席的辦桌，在凌晨三、四點左右就要開始籌備的感覺。每個行業都有其辛苦之處，只是我不知道原來順應時代也會被列入辛苦的行列中。

04 壽宴

「原來辦桌業這麼辛苦，我以前怎麼都不知道呢？」天樂一邊記著爸爸說的筆記，一邊想著。

「還有什麼要問的嗎？」永安開始調配水彩的顏色，準備替那隻獅子著色。

「老爸，辦桌這麼辛苦，你怎麼不去另尋出路？」天樂不解的問。

「雖然我還是個孩子的時候就知道辦桌是件很辛苦的事情，但是我沒有忘本，妳的阿公和阿嬤是靠著辦桌業拉拔我和你的叔叔姑姑們長大的。身為傳統家庭的長子，接棒與傳承是必要的，況且我們也是由辦桌起家，本應感謝長輩們的努力才有現在的好生活。」

很難得聽到永安說了這麼多，天樂趕緊將其一一記下。

「那你在辦桌的時候，有沒有什麼讓你很印象深刻的事情發生？」天樂將筆記本翻到下一頁，看著永安發問。

「印象深刻噢……很多哩！我記得妳五歲那一年……」

※

「永安啊……」一樣是凌晨三點多的時候，門的另外一端傳來緊張又急促的喊叫聲。

「媽、媽，怎麼了？」穿起外套，我直奔客廳，媽媽著急的喊叫聲讓我突然感受到不祥的預感。

「你爸啦！怎麼辦……怎麼辦……」看著媽媽急到哭出來的淚水與神情，我順著她指的方向望去，爸爸坐在沙發上不停的抽搐，嘴裡還口吐白沫，手中原本用來擬菜單的毛筆掉在地上，四周灑滿了黑色的墨汁。

「爸！爸！」我一手扶著爸爸，另一手拿了一片軟木製杯墊塞入爸爸的嘴裡，以防他咬到自己的舌頭。

「心媛！心媛！快點叫救護車。」隨著呼喊聲而出來的心媛立刻拿起電話撥打一一九。

救護車在三分鐘之內就抵達了家門口，接著很迅速的將爸爸送至醫院。

「老伴啊！你可不能就這樣丟下我啊！」媽媽在爸爸被推入手術室之後一直坐

在椅子上默唸「阿彌陀佛」，希望上天可以保佑自己的丈夫平安無事。

「怎麼突然會這樣？」我轉身坐在媽媽的旁邊，心媛正努力的想安撫著媽媽的情緒。

「我也不知道……晚上我去洗澡時他在擬菜單，結果我洗好澡出來準備去睡覺時……你爸就突然這樣了……」媽媽的心情很低落，一向堅強的她硬是忍住自己的淚水，放任其在眼眶中打轉。

「下禮拜他接了一場有五百多桌的大宴席，而且還是阿龍的壽宴，這次沒有辦好，依照阿龍在道上的身分地位，我們以後也一定不好過了。」媽媽擔心得不停搓著手。

「媽，爸一定沒事的，不用擔心。」心媛在一旁安慰著媽媽。

「請問一下，哪一位是紀有福的家屬？」沒過多久手術燈熄滅了，爸爸躺在病床上被推出來，執行手術的醫生也隨後步出手術室。

「我是他的大兒子，她們是我的母親和太太。醫生，我爸的狀況怎麼樣？」一

見到醫生，我們三個人就立刻上前詢問狀況。

「紀先生本身患有高血壓跟糖尿病，加上可能壓力過大，生理機制一時調整不來，所以才會有這樣的狀況。然後要多注意他的飲食，大魚大肉導致膽固醇過高，才會引起輕度中風。」醫生緩緩解釋道。

「輕度中風……那這樣，他要休息多久呢？」媽媽立刻上前詢問。

「這個很難說，要看紀先生身體的復原狀況。」醫生回覆。

「那……怎麼辦呢？阿龍的壽宴連菜單都還沒開出來呀！」媽媽緊張的透過玻璃窗戶看著躺在病床上的爸爸，蒼白的臉色讓大家都好心疼。

「紀太太，現在最重要的是讓紀先生『好好休養』，工作的事情可能要放一邊了。」不知道是因為媽媽說出來的觀點震驚到醫生，還是這本來就是醫生們的口頭禪，執行手術的醫生還特地在「好好休養」四個字上加重音量。

「媽，醫生說得沒錯，現在要讓爸好好休養才是。」心媛在一旁說著。

「媽，阿龍是誰？怎麼你跟爸這麼畏懼他？」我有點氣憤的說著。

現在爸爸最重要的就是好好休息，那個叫做「阿龍」的人是有多大的來歷，讓我的雙親因為他的壽宴這麼擔憂。

「他是北中南的角頭老大，為人很講義氣，也很守信用，答應了他的事情如果做不到，那以後就別想接生意了呀……」媽媽難過的看著還沒醒過來的爸爸說。

「可是我們是有原因才沒辦法完成的呀！他也不能強迫我們。既然很講義氣，那就不會找我們麻煩才是。」我想了想後說。

「唉呀！你不懂啦！你爸會在中部地區有一塊屬於自己的地盤，都是因為阿龍的關係，如果這次沒有把他的壽宴辦好，那我們以後就會失去這個主要的客源，收入也會直直落的。這樣說你懂嗎？」媽媽很憂心的看著我，眼裡盡是無奈與擔憂。

「……」我跟心媛一時之間也不知道應該怎麼回話，只好用沉默回覆媽媽的難過。

「永安，你來！」心媛突然拍了我的肩膀說。

「什麼我來？」我跟媽媽都瞪大眼睛，不可置信的看著她。

「接替爸爸的位置呀！古代有花木蘭代父出征，這次爸身體不適，本來就應該是讓你大顯身手的機會，不然過去這十幾年你跟在爸的身邊學習，都學假的呀？」心媛義正詞嚴的說。

「可是……」

「好！我來！」看到媽媽欲言又止的樣子，我知道她很擔心我，畢竟嚴格算起來，這是我第一次挑大樑，而且對象還是攸關家裡經濟狀況的黑社會角頭老大，媽媽會擔心是正常的。

「媽，妳讓永安試試看吧！總比我們對阿龍大哥開天窗好。」心媛也再一旁勸著說。

「這……好吧！你就去試吧！但是不懂的一定要問喔！還有……」

「媽，我年紀雖然不大，但是也不小了哩！就放手讓我試試看吧！也許會有意想不到的收穫呀！」在我的腦中突然出現了很多的想法，以前覺得自己可以這樣無憂無慮的生活在父親的羽翼之下，現在遇到狀況，是時候該自己學著飛翔了。

「要試就去試吧！但是要小心為上。」媽媽走進了病房，留下我跟心媛面面相覷。

因為顧慮到天樂是請隔壁鄰居代為照顧，我就先載著心媛回家。

一回到家，我拿起爸爸抽屜裡的那本筆記本，裡面都是過去辦桌的菜單跟注意事項。翻到某一張以紅色書籤夾著的內頁，裡頭清楚寫著「阿龍」的出生年月日、喜好、興趣、個性等等資料。

換算了一下年齡之後，「阿龍」今年大約是三十二歲耶！有這麼年輕的角頭老大啊？接著看到爸爸今年為他設計的生日菜單，裡面共有十道菜：五福齊家、赤燒魚翅羹、帝王蟹火鍋、長命百歲、玉寶佛跳牆、福如東海、延年益壽、子孫滿堂、七彩水果、黑森林蛋糕。

名字很好聽，但是內容是什麼我幾乎不知道，爸爸也只有把幾道菜的做法寫在旁邊，無從下手的我只好從頭來過，開始擬定菜單。

時間隨著日子的消逝漸漸流失，轉眼之間「阿龍」的生日就到了。當天我開著

貨車，上面載滿了桌椅和十幾個工人，一同到「阿龍」家去準備。一到預定場地我大吃一驚，整個庭院根本就沒有盡頭，大到我不知該如何是好。

「請問是阿福師嗎？」一個穿著整齊的男子戴著墨鏡前來詢問。

「我是他兒子，請問要在哪裡排桌呢？」我小心翼翼的問著。

「桌子的部分不用麻煩了，我們等一下會全部準備好。阿龍大仔有交代，你們只要負責煮就好，連端菜我們都有指派人手幫忙。」那位男子恭敬的說。

看樣子那位「阿龍」大哥的待人處事挺好的。也因為有那位黑衣男子的解說，我開始指揮著廚具的擺放以及食材的準備，接著就看到許多人開始在接瓦斯管線還有架設廚具等等。

我前後大約巡巡看看了一會兒，眼看著時間差不多了，於是就把瓦斯的開關轉下去。

「碰！」不轉還好，這一轉，瓦斯桶發出了一聲響亮的爆破聲，接著瓦斯管線跟著起火。

「快點拿水來！」所幸附近的一氧化碳濃度並不高，也沒有人抽菸，不然整個炸開後果還得了。

在一陣兵荒馬亂之後，終於搞定了瓦斯桶的問題，但是倒楣的還不只這樣，旁邊切好的高麗菜絲以及許多的火鍋料上面都覆蓋了一層薄薄的灰。

「永安哥，蝦子才剛從冷凍庫送過來，來不及解凍，怎麼辦？」某個工人跑過來跟我說了雪上加霜的消息，頓時之間我整個人都傻住了，怎麼會遇到這些不該遇到的問題？

「欸！負責人是誰？給我出來！」接著一陣叫囂把我從失神中拉回來。

「是我，請問有什麼事情嗎？」我走向前詢問那看起來痞痞的小弟。

「今晚有什麼菜色啊？」他先是看了看一旁還沒炸過的雞腿，又走到蒸籠旁邊左顧右盼，接著吊兒郎當的跟我說話。

我發誓，我以後絕對不會讓宇超跟天樂變成這樣。

「請稍待片刻，等一下上菜就知道囉！」我微微的笑著說。

「你在跟我說笑話啊？我問你今天有什麼菜色，你打什麼馬虎？沒有被揍過是不是？」說完那個小弟就掄起拳頭，想要往我身上揮下去。

「欸欸欸！不要惹事。等一下讓阿龍大仔知道你就吃不完兜著走了。」突然另一個身穿西裝的小弟拉住他，提醒著說。

「哼！今天算你好運，看在我們阿龍大仔的面子上，我今天不跟你計較。等一下我那桌的雞腿給我多放幾隻，有沒有聽到？」他叫囂完之後便轉身離開，留下不知所措的我。

「永安哥，你真的很勇猛哩！那個拳頭差一點就打到你了，你竟然都沒有閃躲唷！」一旁的工人圍上來誇獎我。

「好了，別說這麼多，『勇者無懼』沒聽過喔？快點想辦法把那些灰弄掉。」支開那群工人後我整個人無力的坐在石階上，其時剛才不是不閃，而是根本被嚇呆了沒有辦法動……要是說出去，我不被當成笑話才怪。

現在最重要的還是要想辦法處理那些高麗菜還有火鍋料，我到哪裡去找五百份的火鍋料啊？

「鈴——鈴——鈴——」一陣急促的鈴聲把我從懊惱中拉回來。

「幹嘛？」接起電話，我沒好氣的說道。

「……你幹嘛發脾氣？我只是打電話來問問狀況而已。」電話那頭傳來委屈的聲音。

「喔……喔！老婆呀！對不起，我沒注意到是妳打來的。」聽到妻子難過的聲音，我自己也軟化了態度。

「發生什麼事了？」心嬡關切的問。

「剛剛瓦斯爐氣爆，人都很平安，只是準備好的配料都髒掉了無法出菜；蝦子才剛剛才送來，還沒解凍，預計也無法準時上菜了……」我難過的坐在一旁的石階上，沮喪的說。

「怎麼會這樣？」

「我也不知道。現在可好了，距離上菜時間還有半小時，我去哪裡找這麼多高麗菜跟五百份的火鍋料？」

「永安，我爸剛才拿了一大袋的蘿蔔，如果用蘿蔔絲當成高麗菜絲呢？這樣可以嗎？」

「可是……這樣成本會變高。」

「沒關係啦！反正是我爸自己種的，這沒有多少成本，大不了我再貼錢給他就好，先解決你的事情比較重要。」

「心媛……」

「然後火鍋料的部分冰庫裡面還有很多，因為我不知道你已經訂了，又打電話去幫你訂了一次，所以家裡的剛好可以有備用。」

「妳又訂了一次？」

「對啊……我本來就是要打電話來跟你講這件事的。我怕被你罵，所以想等你出完菜再跟你說，現在應該也不用退貨了，直接可以派上用場。至於那些蝦子，直接用熱水解凍，全部倒進去大鍋子裡面煮可以嗎？」

「對耶！我怎麼沒有想到這樣也行？」

只要蝦子紅透了之後捏捏看，有彈性就表示新鮮有熟，這樣也是另一種方法，而且也不怕退冰退過頭，蝦子反而會不新鮮。

「那你快點請人回來拿吧！」

我心中的大石頭跟著心媛掛斷的電話一起落下，如果沒有這個賢內助我該怎麼辦呢?能娶到她真的是我這輩子最正確的決定。隨後我派了幾個工人回去拿岳父送來的蘿蔔還有心媛無意間替我備份的火鍋料。

等一切就緒後就該是我大顯身手的時刻了。

05 阿龍大仔

因為有心媛的幫忙，我很快就交代完工人們各自的工作。接著我打算去見那位「阿龍大仔」，看他究竟是何許人也，年紀輕輕竟能擁有這種「喊水會結凍」的能耐。

阿龍大哥的家很豪華，光是從庭院走到大廳都要花費五分鐘，大廳裝潢的很氣派，挑高的建築設計、美輪美奐的吊燈擺設以及各種植物的點綴都襯托出此房主人的富有。

裡面的空間很寬敞，要容納一萬人絕對不是問題，甚至要建一座大型室內泳池外加滑水道都還綽綽有餘。不過我才剛將大廳的華麗收進眼底，就感覺到一股濃濃的火藥味……

「啊不然你現在是想怎樣？說好濁水溪以南是我的地盤，你竟然帶人來我的地盤嗆聲，現在是有什麼居心啊？」一個左手臂紋了一條蛇的刺青，滿口爛牙的「大哥」拍著桌子說。

「阿蛇，我只不過帶著人去你那裡開了一間ＫＴＶ，我是在幫你促進經濟

耶！」坐在桌子對面，身穿花襯衫、瀏海長過眼睛的「阿牛大哥」說。

「欸欸欸！哪有人入侵別人的地盤還這樣找藉口的啊？」阿蛇氣得臉上的青筋都爆出來了。

「不然你現在想怎麼樣？」阿牛挑釁的說道。

「想怎樣？處理你啦！」

話才剛說完，阿蛇和阿牛身後的那群兄弟拔刀的拔刀、動槍的動槍，彷彿就像是要來個「大車拼」一樣。

「全部給我停止！你們眼裡還有沒有我在？」此時一個理著小平頭、穿著花襯衫、皮膚黝黑的男子從裡面的房間走出來，他的聲音十分圓渾響亮，手拿刀槍的小弟們全都停止了動作。

「地盤有什麼好爭的？當初開會的時候不就都講好了嗎？阿牛，你帶人去阿蛇的地盤雖然是好意，但你也要先問問他的想法。萬一暴力衝突起來，就變成條子來找碴了。」坐在正中央的「大位」，那個男子說道。

看樣子那個男子應該就是這次的宴會主人——阿龍大哥。

「阿龍大仔，是他太沒有分寸了。我今天沒有教訓他，總有一天地盤會被他併掉啦！」阿蛇還很生氣的舉著槍說。

「欸！全部都把槍還有刀給我收起來。今天是我的生日，我不允許你們在這裡讓我見紅。」

阿龍大哥一聲令下，所有人才心不甘情不願的把武器收起來。

「阿龍大仔，不是我要講你，角頭老大沒有人這樣當的啦！」在一旁始終抽著菸的另外一位「大哥」發聲了。

「那阿虎，你覺得要怎麼當呢？」阿龍接過名為「阿虎」的男子遞來的菸，反問了他一句。

「你這麼和平主義，早晚被取代。」

「哈哈哈哈！這樣也好啊！省得我每次都當和事佬。如果有人有本事，歡迎挑戰我。哈哈哈哈哈！」阿龍大哥抽了一口菸之後開心的大笑。

「誰敢挑戰你啊！你爸還在世的時候就是大家敬畏的大哥，他能服眾，又栽培你十八般武藝樣樣精通。空手道、跆拳道不但黑帶；連耍槍耍刀也沒人贏得了你；更強的是你的槍法比條子們都還準，誰敢挑戰你啊！」阿虎也吸了一口菸後有點抱怨道。

「哈哈哈！就算我會這麼多才藝，我沒有本事能服眾，你們早就暗殺我了，不是嗎？」阿龍依然掛著笑容開心的說。

「也是，你跟你爸一樣，都有『王者之風』呀！」

「廢話少說，我們入席吧！芭樂，去後面問問阿福師準備好了沒，如果好了可以上菜了。」交代了一旁的小弟，阿龍帶領著東南西北路前來祝壽的其他「大哥」入席。

聽到阿龍大哥的交代，我飛也似的跑回後頭，如果讓他們知道我偷聽他們的對話，我一定會被「處理」的。

幸好平時心媛有交代要多運動，我還是比那些小弟還提前到了庭院，然後開始確認每個環節都搞定後，就看到剛才被阿龍指使、名為「芭樂」的小弟跑過來。

「阿龍大仔說可以上菜了，我帶了很多人來幫忙。」芭樂說完將手一揮，後頭出現了大約五百個人。

「你只要負責煮，然後把要端的菜餚交給我們就好。」

「好好好，那……五福臨門先上！」我指著一旁的冷盤開胃菜，才剛說完，芭樂就帶著許多人井然有序的端走了一盤接一盤的菜餚。

「大哥說每盤菜都要有原因，這個你知道吧？」看著小弟的動作，芭樂突然湊過來問我。

「我……我知道。」幸好爸爸的筆記有寫，不然我還真不知道該怎麼回答這樣的問題。

「那你可以告訴我第一道菜的意思吧?等一下大哥問起來我才好交差。」芭樂問。

「五福臨門，是由白蘿蔔絲當底菜，上面放了鮑魚、龍蝦肉、赤螺、章魚還有

生魚片，都是上等好料，這五種珍貴的食材象徵阿龍大仔的地位，尊貴而崇高。」我滔滔不絕的講著。

「這個好，這個不錯。嘿嘿！看不出來你還挺有文學造詣的嘛！」芭樂拍了拍我的肩膀，而我只能傻笑著。

接著我開始出菜，魚翅羹、麵線、炒三鮮等等都先後上完了。為了想得知客人們吃的感受如何，我又再次偷偷溜到前院去看。

「阿龍大仔，你這次找的總鋪師是誰啊？口感還有味道跟以前都不一樣耶！」

「對啊！還有那個蝦子，咬起來好有彈性喔！」

「還有那個蹄膀搭配海鮮捲，簡直讓我們來這裡享用了一頓海鮮大餐。」

「呵呵呵！就是阿福師啊！我這兩三年都是讓他辦壽宴，你們去年不是也吃過嗎？」

「阿福師啊？那他手藝進步了耶！原本去年吃的時候，食材和味道都很清淡，今年的口味突然變重，很合我的口味啊！」

聽著那東南西北路的角頭老大稱讚著今晚的料理，我心裡覺得很踏實。

「你們吃得開心，我自然也就開心。」阿龍大哥整個人都飄飄然了起來，當然也開了許多瓶紅酒，大家一邊喝酒一邊說笑。我看了也鬆了一口氣，幸好各位大哥捧場我的手藝，不然這下子可真是砸了老爸的招牌。

踩著輕快的步伐回到後院，因為不知道他們還要聚會多久，我索性拿起車上的捏麵糰，坐在石階上捏起來了。上次爸爸教我捏的猴子，我還沒全部學會呢！剛好趁著現在來多練習一下。

時間在我專注的練習中流逝，不知不覺已經十點半了。我心想他們應該不會這麼早就結束，先靠在欄杆上瞇著眼休息一會兒好了……

才剛瞇起眼睛，好像就快睡著時，我感覺到有一雙冰冷的手在拍打我的臉……

「爸比、爸比，在這裡睡覺會感冒。」一個稚嫩的聲音傳來，我張開了眼睛，一雙水汪汪的大眼睛盯著我瞧，頭上還綁了兩個小馬尾垂掛在兩肩，兩個腮幫子紅咚咚的，看樣子應該是跑著過來。

「天樂！妳怎麼在這裡？媽咪呢？」我揉了揉惺忪的眼睛，抱起了可愛的女兒問。

「我在這裡。天樂遲遲不肯睡覺，說什麼沒有等到爸爸回來，不想睡。」心媛從一旁走過來笑著說。

「爸比沒有回家睡覺，天樂也不要睡覺。」女兒用撒嬌的聲音跟我說。

「小天樂明天要去幼稚園上課，要乖乖睡覺才對呀！」我拍了拍她的頭說。

「我不要！」

女兒倔強的趴在我的肩上，怎麼樣都不肯下來。

「真好耶！上輩子的情人這麼黏你。」心媛在一旁緩緩說道。

「妳幹嘛跟女兒吃醋？」我無奈的笑了笑。

這麼晚了真想回家洗個熱水澡，然後躺在床上呼呼大睡，但無奈客人們還聊得很盡興，實在抽不開身。

「請問一下阿福師是哪一位？」正當我在絞盡腦汁要說服天樂先回去睡覺時，

一個穿著彩色襯衫、短褲和夾腳拖，頭髮用髮膠抓得很高的年輕人出現在我們的面前。

「我是阿福師的兒子，請問有什麼事情嗎？」

「阿龍大仔要找阿福師，他人呢？」

「我爸身體不適，目前正在調養中，請問有什麼事情嗎？」

「大哥要找的人，做小弟的怎麼能過問？我問你，今天晚上的菜是誰煮的？」

那位年輕人突然這麼一講，我的心中糾結了一下，剛剛去偷看的時後反應都不錯，難道是哪個環節出了差錯嗎？

「是我煮的，請問怎麼了嗎？」身為男人，面對該來的責任還是要有肩膀的擔起，不可以逃避。

「那你跟我來一趟，阿龍大仔說要找主廚。」

「不用了，我親自來這裡恭迎大駕。」正當我要跟著那年輕人走時，突然今晚的壽星出現在我們面前。

「阿龍大仔！」那位年輕人看起來很緊張，他應該是想要跟大哥解釋為什麼這麼久還沒回去吧！只見阿龍手一伸，示意他不用多說什麼，那位年輕人就低著頭退到大哥的身後去了。

「你是今晚的總鋪師？」阿龍看著我說。

「是的，我叫紀永安，是阿福師的長子。」抱著天樂，我畢恭畢敬的回答。

「永安，永遠平安，你爸取的名字可真好，不過你這傢伙，真的是……」

「你想對我爸比做什麼？不准你欺負他唷！」天樂突然從我肩上抬起頭，對著阿龍大哥大喊。

「……這女孩是……」

「是我的女兒，寶貝快點跟阿伯道歉，不可以這麼沒禮貌。」我斥喝著天樂，但她噘起小嘴，一臉無辜的看著我。

「妹妹，妳叫什麼名字？」一個堂堂的角頭老大竟然彎下身來對著一個小女孩說話。

「天樂，我叫紀天樂，爸比跟媽咪說要我天天快樂。」女兒從我懷抱中掙扎了一下，我把她放下來後，她手中還抱著自己的小熊維尼娃娃，人小鬼大的抬頭看著阿龍大哥。

「天天快樂呀！真是好名字呢！你們家都擅於取名字啊？那……小天樂，這麼晚了妳怎麼在這裡呢？為什麼不回家睡覺覺呢？」

天啊！阿龍大哥竟然對我女兒說疊字，而且還用一種裝可愛的聲音說話。

「因為爸比沒有回家陪天樂，所以天樂來這裡陪爸比。」抱著自己的娃娃，天樂水汪汪的大眼睛眨呀眨。

「你這女兒真是可愛呀！」阿龍大哥挺直了身體對我說。

「謝謝誇獎。」我暗示著心媛趕緊抱起女兒，往我身後站去。

「我來是想要謝謝你，因為你今天上的菜餚十分豐富，比起去年你父親的料理還要好吃，真是青出於藍。」阿龍大哥稱讚道。

「謝謝，您過獎了。」、我謙虛的向大哥微微鞠個躬。

「也因為如此，我那群弟兄們原本地盤的事情喬不攏，如今享用完你的料理之後竟然可以和和氣氣的談事情，都是你的功勞。我……有沒有這個榮幸，跟你結拜當兄弟呢？」

「阿龍大哥提出的建議真是讓我受寵若驚，身為廚師本應做好自己的職責，料理出美食讓人品嚐，如此想想，實在沒有特別之處能與大哥稱兄道弟。」一方面我怕跟黑社會扯上關係會沒完沒了，另一方面是我不想讓妻兒身處在危險之中。

「哈哈哈！敢拒絕我的人……你還是第一個。也好，我不強迫你，但是我真的很喜歡你女兒，讓我收她當乾女兒吧！這樣她在外面也不會有人欺負她。」阿龍把目標轉向天樂。

「這……」我跟心媛兩個人其實都不贊同，但又不知道該怎麼拒絕他。

「天樂，我當妳乾爸好不好啊？」正當我們猶豫之時，阿龍大哥竟然又裝起可愛，跟天樂對話了……

「乾爸是什麼？乾巴巴的很難看！」天樂此話一出，我跟心媛臉都綠了，可是在場包括阿龍都笑得很開心。

「哦！有龍耶！」天樂看到露出手臂的阿龍大哥整個人都很開心的撲上去，妳這女孩也太不知道什麼是危險了吧……

「很好，妳這個女兒我認定了！」

阿龍抱起天樂，開心的讓她摸著自己的刺青，開心的大笑。我跟心媛也只能無奈的接受這樣的事實，只希望不要因為這樣而讓天樂陷入危險才好。

06 車拼

「小天樂——」早上八點多，天樂才剛梳洗完畢準備去上幼稚園，門外傳來一道粗獷的聲音。

「阿龍大哥，早啊！今天是什麼風把你吹來呀？」在庭院曬衣服的心媛雖然笑笑的與阿龍打招呼，但是警戒心卻提高許多。

「早安啊！我來送你們天樂去上課。」阿龍笑笑的一直往屋裡看。

「阿龍阿伯——」天樂看到昨晚剛認的乾爸，開心的跑上前去，兩條辮子隨風飄著，在背後的書包都快比她大了。

「阿龍大哥，你好。」我牽著才三歲的宇超，戰戰兢兢的跟在天樂的後面，深怕她有什麼閃失。

「永安，你早啊！唉唷！你怎麼沒跟我說你還有個兒子呢？」阿龍大哥看到宇超穿著嬰兒鞋「啾啾啾」的走過來，嘴裡還含著奶嘴，那可愛的模樣簡直是要融化他的心一樣。

這是阿龍大哥的天性吧……他本身就很愛小孩子，而我也只能笑而不答。

「弟弟你叫什麼名字？」阿龍大哥蹲在宇超前面，依然用著很可愛的聲音跟他說話。

「……嗚嗚嗚哇哇哇……爸比媽咪……」不知道是阿龍大哥靠太近嚇到宇超，還是宇超本身就不喜歡陌生人，被阿龍大哥這麼一問，他竟然嚎啕大哭起來。

「唉唷唉唷！阿伯嚇到你了，對不起唷！對不起唷！」阿龍大哥看著宇超的淚水一直落下，整個人都心疼起來，完全沒有尷尬的樣子。

「呃……永安啊！我先把宇超抱進去，你再帶天樂去上課。」心媛見狀連忙抱起哭得唏哩嘩啦的兒子進屋去。

「真不好意思，我們宇超比較怕生啦……」我急著打圓場。畢竟阿龍大哥身後跟著幾十個小弟，剛才兒子讓他這麼沒面子，做爸爸的總得賠不是。

「沒關係、沒關係，身為大哥我本來就有霸氣。小朋友嘛！總會害怕，沒關係的。倒是你們天樂，她可是第一個看到我沒有哭而且還跑來說要抱抱的孩子呢！」阿龍大哥抱起天樂，開心的說。

「是……」我無奈的笑了笑，女兒在他手裡……我也不能怎麼樣。

「爸比，上課要遲到了。」天樂皺了皺眉頭，提醒我今天還是要帶她去幼稚園上課。

「幼稚園啊！乾爸帶妳去！」阿龍大哥爽快的說。

「好！」天樂戴起抓在手上的小黃帽，開心的說。

「阿龍大哥，這樣會不會太麻煩你了？」一方面我跟阿龍大哥昨天才第一次說話，雖然對於他的為人正直早有耳聞，但畢竟與他不熟；另一方面我怕幼稚園的老師、同學與家長會側目。

「不會！我知道你擔心什麼，但這也是我要讓大家知道的事情。天樂有我這個乾爸，誰都別想欺負她。」阿龍大哥斬釘截鐵的說。

好吧……阿龍大哥說的也是事實，雖然太明目張膽，但至少天樂就學期間不會受到欺負，希望不要造成反效果才好。

連著幾個禮拜，阿龍大哥天天都送天樂去上課，幼稚園的老師雖然打過電話來反應，但因為阿龍大哥沒做出什麼太誇張的事情，我們也就睜一隻眼閉一隻眼。

「老公啊！天樂這樣天天讓阿龍大哥帶去上課也已經一個多月了，會不會有什麼不好的效果啊？」這晚，心媛哄了宇超跟天樂睡著後，跟我討論的這件事情。

「嗯……我發現阿龍大哥其實很講道理啦！而且為人海派。如果真的有不好的效果，幼稚園的老師也一定會在第一時間通知我們。得罪阿龍大哥對誰都沒好處，更何況他應該是真的很喜歡我們天樂，就先……靜觀其變吧！」我把衣服拿去衣櫃裡放好，轉身對心媛說。

「好吧！也只能這樣。對了，今天醫院有打電話來說爸的狀況有好轉，可以辦出院了。媽已經把手續辦好了，只是他們很執意出院後要回祖厝住。」心媛坐在梳妝台前擦著乳液說。

「回祖厝？爸的身體才剛復原，這樣好嗎？」我擔心的問。

「爸跟媽決定的事情向來無人能改，而且這也說明了他們要把事業交給你了！從今以後你就是紀家傳承第三代的總鋪師了！」心媛臉上透露著開心的神情，大概是因為我可以自立門戶，所以高興吧！

「對了，今天建國有來家裡一趟唷！」心媛將天樂的書包整理好後，轉身對我說。

「建國？發生什麼事了？」我擔心的問道。

建國是我們的「家庭律師」，台大法律系畢業後，繼承了父親的律師事務所。他的雙親跟我的父母是高中同學，我跟他也是從小的玩伴。

「爸跟媽有打電話給他，說要把名下的財產分配給子女，然後讓你正式繼承總舖師的位置。」

「什麼時候的事？」

「你今天去天后宮談菜單時，他帶著這份文件來找你，因為你不在家，所以他說明天再來一趟。」心媛將一個牛皮紙袋遞給我。我拆開來看，裡面滿滿都是文件需要我簽署，看樣子又要花費一番功夫了。

「對了，你今天去北村天后宮談生意談得如何？」躺在床上的心媛已經閉起眼睛準備休息了。

「還可以，明天還要去一趟。」我不想多做解釋，因為身為一家之主的我，本應要有肩膀扛起一家的責任。身為我的老婆，心媛只需要在家裡替我打理一切就可以了。

「那你要打電話給建國，跟他約時間，不要害人家又白跑一趟囉！」心媛轉個身，我沒有應答。

看著那些令人頭痛的文件，上面一堆英文我都看不懂啊……看樣子以後一定要讓天樂跟宇超把英文學好才行。

※

隔天一早，我打個電話跟建國約好晚上見面的時間，我就前往北村天后宮了。

原本媽祖娘娘誕辰都是給另外一位總鋪師——劉家好承辦，因為北村距離我住的村子開車少說要開上三個小時，所以那裏並不是我的地盤，而是劉家好的。

說到劉家好這個人，雖然我們素未謀面，但是聽說她是喝過洋墨水的，前年才

剛從美國的某某大學餐飲系留學回來，還拿到博士學位。她不但在國外有一定的名聲，現在在北村也是數一數二的大人物。自從接管自家父親的位置之後，就將辦桌業經營得有聲有色，雖為女流之輩，但幫許多大老闆、大企業辦過春酒、尾牙、員工聚餐，看樣子也是一個可敬的對手。

雖然不知道她的個性是怎麼樣的人，只有聽說她非常講究擺盤和顏色的配對，但也有耳聞她對於食材的新鮮度並沒有很重視，也許我能在這點贏過她。不知道能不能夠拿到這次舉辦流水席的主辦權，我可要多想想一些特別的菜色。

時間滴滴答答的過，我開著車也好不容易來到北村天后宮，一大早才七點多，香火鼎盛的天后宮前前後後已經都是來參拜的信徒了。

停好車，我前往宮主的辦公室，才一打開門，冷冽的氣息迎面而來，我不禁打了個哆嗦，這與外頭炙熱的炎陽可真是大大的反比。

「欸！永安，你來了！這邊坐。」看到我把門推開的宮主熱情的招呼我坐下，還沏了一壺凍頂烏龍茶。

「宮主你好。」我先是與對方打了個招呼後便坐下來喝茶。

順帶一提，這茶真是好茶！濃濃的茶香味在嘴裡散開，入喉十分滑順，嚐過一口後還會回甘，如果可以用這樣的茶葉加在菜裡頭，不知道能不能有新的好滋味。

「我是劉家妤，請問宮主在嗎？」一個跟我年紀差不多的女子將門推開，穿著套裝、梳著整齊的包頭，那個樣子跟我一身隨性的運動裝可真是天差地遠。

「劉小姐您好，我就是宮主，請坐請坐。」宮主起身將其引領入位。

「妳好，我是紀永安。」我伸出手釋出善意。

「嗯！」劉家妤只是看了我一眼之後，便坐在旁邊的椅子上。

什麼嘛……都三十幾歲人了，還這麼沒禮貌。我將手收回來，對她的印象瞬間大打折扣。

「兩位，我今天請你們來是想跟你們說個消息。」宮主喝了一口茶後接著說。

「我們這北村天后宮啊！已經有兩百多年的歷史，從古至今信徒源源不絕，每當到了媽祖誕辰的那一天，更是湧入許多虔誠的善男信女。以往，我們都是由劉家妤的

令尊舉辦娘娘的誕辰流水席來宴客，答謝那些來參拜民眾的支持與愛護；不過前些日子我得知在南村的紀永安先生，手藝不在話下，十分重視食材的新鮮度並且頗受讚揚，聞名中部地區的角頭老大——阿龍大仔也對他的手藝讚譽有加。所以這次，我想要在媽祖娘娘誕辰當天，舉辦一場『廚藝大車拼』，獲勝的人將可與本宮廟簽署合約，包辦連續五年媽祖娘娘的誕辰流水席。二位覺得如何呀？」

「我覺得……」

「我覺得不妥。」我才剛要開口說話，就被一旁的劉家妤小姐給插話了。

喜歡插話的人真的很令人討厭，一點也不尊重別人。但基於不想與她同流合污的心態，我決定先讓她說，聽聽看她反對的意見。

「劉小姐不贊成的原因是？」宮主的臉色感覺不太好。

「第一，這裡是北村，我是這裡的總鋪師，沒有必要讓南村的人來這裡侵門踏戶，我有必要維護我的地盤。第二，我可是從國外留學回來的博士，對方是什麼來頭？跟我比廚藝也要有個身分地位吧？」說完她還輕輕的瞥了我一眼。

字裡句裡都帶著瞧不起我的感覺！這個混蛋，我一定要讓她嚐嚐失敗的味道，根本就太高傲了啊！

「那麼紀先生您的想法呢？」宮主轉向詢問我的意見。

「我覺得可以接受啦！畢竟各行各業都一樣，如果只侷限於自己會的部分而沒有創新交流，那人也很難進步，對於給予自己肯定的客人也很難交代啦！」我很客

氣的說。

「身為廚師要有自己的堅持與驕傲！」突然冒出這一句話的劉家好小姐，用一副不可置信的樣子看著我。

「呃……是沒錯啦！不管是什麼行業都要擁有自己對這項事業的堅持，可是還是要多聽聽別人的想法跟意見不是嗎？」我不甘示弱的回話。

「我才不願意隨波逐流，別人說什麼就做什麼，這實在有失身為一個廚師的尊嚴。」

「沒有這麼誇張吧……而且的確是要多方面吸收才會有所進步，更何況身為一個廚師如果閉門造車、故步自封，那怎麼能夠滿足食客的味蕾？」

「為什麼要滿足？憑什麼要因為誰喜歡你、誰不喜歡你而煮？這樣就會失去當廚師的驕傲。」

「會當廚師就是希望能煮出更多美味的佳餚讓眾人品嚐，如果沒有食客買單，那妳又是為誰而煮？」

「為自己啊！你的料理都是為了別人而產生的嗎？」

「劉家妤小姐，我不知道妳為什麼不懂我的想法。但作家寫文字需要有讀者買單、交流才會有所成長；畫家繪圖需要有欣賞者的支持、意見才會有所進步；我們身為廚師也是一樣，今天妳煮的菜沒有人要吃，空有美麗的擺盤又怎麼樣？最後還不是倒進廚餘桶裡餵豬？」

「哼！你又不是我，怎麼能懂得那種感受？」

「沒錯，但妳也不是我，無權要求我要有跟妳一樣的『堅持與驕傲』。我會為了更多喜歡我的料理的人去煮，因為他們吃東西的樣子看起來很幸福。對我來說，這就是最大的成就。」

「你只是喜歡大家稱讚你的樣子而已。」

「沒錯，我承認我的確喜歡稱讚，因為那是一種肯定還有繼續料理的動力；但我更喜歡的是那些食客吃完之後跟我交流菜色的時候，那才是真正能讓自己更進步的時刻。」

「看樣子兩位的想法都不一樣呢！不過今天找你們來並不是要問你們願不願意參加，而是要知會你們有此事，如果不願意參加的一方就當作自動棄權。」宮主好像很享受我們剛才的辯論，緩緩的喝了一口茶後宣布著早已決定好的消息。

「怎麼這樣擅自決定啊！」劉家好表示著不悅。但廟方決定的事情，她如果不參加就表示棄權，依照剛才與她辯論的感覺，她絕對不是一個容易善罷甘休的人。

「謝謝宮主，我會更努力的。」我絕對要讓那個姓劉的知道惹火我是她這輩子最大的錯誤，順便挫挫她狗眼看人低的傲氣。

07 味覺呢？

距離媽祖娘娘誕辰還有一個多月，除了平時會去接固定的辦桌之外，我還到各大廠商去尋找新的食材，希望可以將這場仗打得漂亮。隨著日子一天天的過，台灣進入了梅雨季節，整天不停的下著雨，只要一不小心，食材就會因為天氣太過於悶熱而壞掉，這對於十分重視新鮮度的我是個很大的考驗。

只要有辦桌的日子，我都會很早就去港口跟阿財伯訂漁獲，並批了很多保麗龍箱回來，裡頭鋪滿冰塊，就像爸爸以前教我的一樣，這樣可以延長食材的新鮮度。忽冷忽熱的天氣，加上半夜都會熬夜尋找新食材的我，一次不小心在客廳睡著後，著涼感冒了。

「哈……哈啾！」抽了一張衛生紙擤鼻涕，我感到身體十分不適，吃晚餐時也沒什麼胃口。

「你已經連續三天都這樣了耶！去看個醫生啦！」在一旁的心媛擔心的說。

「不用啦！這小感冒，等一下去路口的藥局買幾包成藥回來吃一吃就好了，不用擔心。」我喝了一口熱茶，才感到身體稍微有好一點。

07 味覺呢？

「我不管，你如果傳染給天樂或是宇超怎麼辦？他們還是小孩子，抵抗力可沒你這麼強，明天一早你就去看醫生。」

「好啦！好啦！等我有空再去啦！」

「老公，我知道你很重視這場比賽，但是也要有健康的身體……」

「好！停！拜託先不要唸我，我明天會乖乖去看醫生，這樣好嗎？」大多數的男人都無法忍受女人嘮叨，特別是我家這個，特別會唸。雖然我知道她是為我好，但是現在我必須要專心在創新菜色上，她再這麼嘮叨下去，可真是會沒完沒了。

「爸比要去看醫生喔！如果感冒了，天樂會不開心。」女兒爬到我的腳上，用那雙水汪汪的大眼睛看著我。

「好好好！爸比明天就去看醫生，這樣好嗎？」

「不可以騙天樂唷！」

「不會，爸比什麼時候騙過妳呢？現在很晚了，快點跟媽咪去睡覺唷！」安撫著女兒，看樣子我明天真的要去看醫生了啊！

「好啦！女兒說的話都聽，老婆說的話都當空氣！」心媛瞇著眼看我，看得我都不好意思了。

「講這樣，我兩個人的話都聽嘛！快點帶她去睡覺了。」我催促著老婆。枕邊人的話還可以敷衍，如果讓天樂知道我敷衍她，那以後不就沒有爸爸的威信了嗎？

看著母女兩人走進臥室，我再次將注意力放在被我畫得亂七八糟的菜單。目前開胃菜、甜點、水果還有幾道菜餚都確定了，只是還煩惱著要選哪一道菜作為當天比賽的主菜，也許糖醋魚會是一個很不錯的選擇。

想著想著，我又覺得我要去找周公了……

※

隔天一早，我梳洗完畢之後來到客廳，桌上放著心媛為我泡好的牛奶，伸手一摸，還是熱的呢！她總是如此貼心，也難怪左鄰右舍都羨慕我娶到一個「上得了廳堂、進得了廚房」的太太。

「起來啦？牛奶剛泡好的，快點喝一喝然後去看醫生。」抱著剛洗好的衣服，

07 味覺呢？

心媛走到庭院去準備開始一天的忙碌。

我拿起牛奶「呼嚕嚕」的一口氣就喝了一半。

等等……怎麼沒有味道？我再喝了一大口，還是沒有味道。

「老婆，妳這牛奶的比例是幾比幾啊？怎麼有點淡？」我對著庭院大喊。

「跟以往一樣，三匙的奶粉加上五百毫升的水量，怎麼了嗎？」心媛在庭院的中央也對著我喊。

「怎麼可能？這牛奶也太淡了吧？」我自言自語的把剩下的牛奶喝光。也許心媛沒有注意到吧！沒有多想的我走進廚房開始料理昨晚確定的菜單。

第一道是糖醋魚，首先要先製作醬汁。我拿起左邊的糖罐加了好幾匙下去，接著放入凍頂烏龍茶的茶葉，最後淋上炸好的魚，聞起來香味四溢，我趕緊讓妻小們來嚐嚐我新發明的『茶葉糖醋魚』。

「心媛、天樂、宇超，快點來吃吃看我新發明的菜唷！」我將這道料理端到客廳去，老婆帶著孩子們也聞香而來。

「咦？這不是糖醋魚嗎？怎麼算是新料理啊？」心媛疑惑的看著我。

「這可不是一般的糖醋魚，我加了一點『祕方』在裡面，妳吃吃看。」我遞了一雙筷子給老婆，也順便替兩個孩子挾上幾口。

「怎麼樣？好吃嗎？」我看著心媛嚼了幾下後，臉色突然變得很奇怪。

「老公，你加了什麼在裡面？」心媛皺著眉頭看著我。

「爸比，這是什麼魚？」天樂吃了一口之後，也有跟她媽媽一樣的表情。

「糖醋魚呀！不好吃嗎？」我疑惑的看著天樂，她緊咬著下嘴唇，哀怨的看著我。

「爸比，好難吃喔！都沒有甜。」宇超才含了一口，就立刻把口中的魚肉給吐在桌上。

「怎麼可能？我可是加了很多糖耶！」

「老公，我忘了跟你說，今早我在整理廚房的時候，把糖跟鹽交換位置了。對不起我沒告訴你，這魚……太鹹了……」心媛語帶抱歉的說。

07 味覺呢？

「什麼？唉唷！白白浪費了一條魚，妳怎麼現在才跟我講啊！」

「我想說你今天還是會繼續準備菜單，應該是不會進廚房，加上我一早就開始忙，也就……忘了跟你說了……」

「好吧！那我下午再做一次。虧我這次還有加一些『祕方』，沒想到竟然被細鹽跟細糖給毀了。下次不要用一樣的罐子裝，不然也在外頭標示一下是糖還是鹽，不然忙起來真的會拿錯。」

「是！老公大人。」心媛說完趕緊帶著兩個孩子去喝水。

我加了這麼多匙的鹽，也難怪剛才天樂會用那種表情看著我。端起那條失敗的糖醋魚，我回到廚房。咦？也許換一下醬汁就可以發明「鹹醋魚」啦！我怎麼沒有想到。於是我將整條魚重新下鍋炸過，淋上重新調過的醬汁，炸得金黃的魚淋上香氣四散的特調醬汁——「鹹醋」，給老婆孩子們試試看前，我先來吃吃看好了。

拿起筷子，我挾了一口魚肉放進嘴裡。

「奇怪……怎麼只有魚肉的嚼勁，其他什麼味道都沒有？」我一邊吃一邊自言自語，早上喝牛奶的時候也是，怎麼現在也這樣？

「不可能啊！」我又多挾了好幾口魚肉放入口中，還是一點味道都沒有，明明聞起來就有鹹鹹的味道，怎麼吃起來一點味道都沒有？

我拿起湯匙舀了一匙醬汁喝下去，還是沒有味道！接著我又走到調味台旁，拿起整條辣椒放在嘴裡嚼，可是……怎麼可能，連辣椒都不辣？過沒幾秒，我已經感覺到整個身體都變得很熱，額頭不停的冒汗，雙眼也一直流眼淚，不用照鏡子我也知道現在整個臉一定很紅，這些都是我吃到辣味的反應。

可是……怎麼嘴裡一點味道都沒有？不管試了什麼，烏醋、醬油、蒜頭、蔥、布丁、雞蛋、生菜、紅蘿蔔等等，甚至是心媛喝的四物，全部都沒有味道，這……難道是感冒引起的？我得快點去看醫生。離開廚房，我拿起披掛在椅子上的外套，騎著腳踏車趕忙到最近的診所去看病，這病沒醫好，後果可不堪設想。

「我要掛號。」護士替我辦理完手續之後，我拿著掛號單焦急的等著。

「十三號，紀永安先生，請到一號診療室。」不久，診所裡的廣播系統響起，

07 味覺呢？

我二話不說趕緊進去。

「紀先生，請問怎麼了嗎？」醫生看著我和善的問。

「醫生啊！我好像感冒了，而且吃東西都沒有味道耶！」我緊張的問。

「從什麼時候開始的？」

「今天早上。」

「怎麼發現的？」

「本來喝牛奶的時候就覺得怎麼沒味道，然後想說應該是太淡所以喝不出來；沒想到下午吃糖醋魚時，根本吃不出味道啊！」

「來，張開嘴讓我看看。」醫生拿著壓舌棒還有手電筒，我張著嘴讓他看看喉嚨有沒有怎麼樣。「你的扁桃腺腫大，這是感冒引起的症狀，你的味覺會消失也有可能是因為感冒。我幫你開三天的藥，多喝水、多休息，症狀就會減輕。」醫生一邊用手打著電腦一邊說。

「原來是這樣……嚇我一跳。」我喃喃的說，失去味覺對一個廚師而言是最大的打擊啊！還好我只是因為感冒，並沒有釀成什麼太大的損失。

為了讓我的味覺早點恢復，接下來的三天我都乖乖的遵照醫生指示，多喝水、多休息，也完全不去整理那些菜單。

「天樂，爸比今天可以陪妳玩唷！」

「爸比不用工作嗎？」

「今天不用，我可以陪妳玩扮家家酒喔！要不要玩？」

「今天不玩扮家家酒，今天要玩紙娃娃！爸比陪我玩。」

「好啊！那妳快點去拿來，爸比要當肯尼。」

「爸比，肯尼是芭比的男友，紙娃娃是紗南跟秋人啦！」天樂白了我一眼說。

「還有分啊？那……妳快點去拿來，爸比陪妳玩。」女兒啊！妳爸爸我可是從來不玩這玩意兒的啊！是為了妳才玩的，懂嗎？

「好！」

看著天樂蹦蹦跳跳的樣子，我也覺得很開心，不知不覺天樂已經從小嬰兒長大

成小女孩了呀！

「爸比，陪我玩戰鬥陀螺！」宇超看著姊姊有我陪，也拿著一堆小陀螺來到我旁邊。

「哇！宇超怎麼有這麼多陀螺？」

「我還有遊戲王卡片喔！昨天跟隔壁的小彥交換後，我拿到青眼究極龍喔！」

「哇！這麼棒喔！」其實我不知道那青眼什麼龍的是啥鬼東西。

「對啊！昨天去上課，老師說我表現很棒，還有拿一個彈珠超人給我，爸比你要一起玩嗎？」

「欸！爸比自己說要陪我玩的，你怎麼可以趁機偷偷拿戰鬥陀螺來賄賂他？」

此時拿著一整盒紙娃娃的天樂跑過來，狠狠的踢了自己弟弟一腳。

「妳幹嘛踢我啦？」宇超不甘示弱的也回敬自己姊姊一拳。

「還打我，我是你姊姊耶！」天樂手插著腰，生氣的說。

「姊姊又怎麼樣？姊姊就可以欺負我喔？妳只是比我早出生兩年而已。」

「就算我比你早出生兩秒，你還是要叫我姊姊啦！明明就是爸比自己答應要先陪我玩的，你幹嘛來搶他？」

「我哪有搶他？而且男生本來就要玩彈珠超人或是遊戲王卡，誰要跟妳玩那個娘娘腔的秋男跟紗人？」

「是紗南跟秋人！」

「不管啦！那就是娘娘腔，爸比是男生，他才不會玩娘娘腔的東西。」

「我是女生，本來就會玩娘娘腔的東西啊！而且他又不是你一個人的爸比。」

「那他也不是妳一個人的爸比啊！」

「那我們讓爸比自己選，看他要先跟誰玩。」天樂說完便轉過頭來看著我。本來想要讓兩個孩子自己去旁邊解決，看誰要先跟我玩，沒想到這下子換我要做決定了……我選擇哪邊都不對啊！最近的運氣真背，味覺消失也就算了，還要卡在兩個孩子中間……父母難為啊！此時我多少能體會到心媛平時帶著兩個孩子的辛苦了。

「爸比！快點選！」噢！天啊！誰來救救我……

08 心機

這世界上最成功的小偷叫做「時間」，因為它不只偷走光陰歲月，而且還無聲無息的多次進出自己的生命中。

三天過去了，我的味覺依然沒有回來。為了不讓大家擔心於是我裝作什麼事都沒有，也為了讓自己快點好起來，我看了許多醫生，中醫、西醫、中西合併都沒有用，甚至民間所流傳的偏方我也都試過了，但我失去的味覺依然在外頭流浪。

所有的醫生都告訴我，會失去味覺的原因是「壓力太大」，但是我明明就覺得自己沒什麼壓力，怎麼會變成這樣？

「請問紀永安師傅在嗎？」正當我感到十分消極的時候，門外頭停了一輛黑色賓士車，車上坐著一個打扮時髦的女人還有隨從跟司機！看樣子那個女人的來頭不小。

「我就是，請問有什麼事情嗎？」我走出戶外，眼前那位女子環顧四周後，摘下了墨鏡。

「你這裡還真破舊，這場比賽看樣子我是贏定了。」

「我還以為是誰，原來是劉家好小姐，是什麼風把妳吹來呀？」我沒好氣的說。

「我替你送來這個。」劉家好手中拿著一個牛皮紙袋，我將其接過後折開來看，上面斗大的幾個字讓我感到十分驚訝——「偏遠山區孩童成長計畫」。

「我都不知道原來妳這麼有愛心呢！」

「紀先生，我是為了讓你有多一點的機會跟我平起平坐，才把這個機會讓給你，不要想太多。」

「即便如此，原本會接這個案子的妳其實也很有愛心呢！」我微微笑著，雖然她的個性很偏激，但行為確實值得讚賞。

「不跟你講這些，我已經跟這個部落的首領推薦你，你明天就可以準備上山了。如果你不想要去，就打上面的電話去推辭。」她說完頭也不回的坐上自己的名牌車，揚長而去。

我拿著牛皮紙袋走進屋裡。

「誰呀？」心媛問道。

「天后宮辦桌的競爭對手，她有參與這個孩童成長計畫，不過這次她說要把機會讓給我。」

「真的呀？那太好了，我們一起去幫助那些孩子們吧！」

「老婆，這想也知道我對她而言是個半路殺出的程咬金，專門來擋她的財路，她怎麼可能這麼好心把這種機會讓給我？其中一定有詐。」

「你幹嘛把人心想的這麼壞？也許她是真的為你好嘛！」

「好個頭！妳就沒看到她那天在天后宮那種盛氣凌人的樣子，她一定早就懷疑我是靠著阿龍大哥的勢力才得以到她的地盤上搶生意。」

「老公，不管她是什麼想法，至少她把這種做善事的機會讓給我們。現在我們有能力就要去多幫助別人嘛！也算是替自己與孩子們積點陰德。」

「好啦……看在妳這麼渴望的份上，我下午去批貨，明天一早我們出發。」

「明天一早？這麼趕呀？」

「嗯！他們的成年禮是下午舉行，我們快去快回，還可以趕得及回來參加天后宮的競賽。」

「那我去隔壁一趟，天樂跟宇超得拜託小彥的媽媽代為照顧，畢竟這麼危險的路程不適合兩個這麼小的孩子去參加。」心媛走出門外，準備向隔壁鄰居託付孩子。

「如果在替孩子們辦理的成年禮以及天后宮競賽前，我的味覺還不回來，那就真的是砸了『阿福師』的招牌呀……」我又喃喃自語起來。自從味覺消失後，我真的很常跟自己說話，希望不要人格分裂才好。

收起東西，我前往傳統市場。計畫書上寫著人口大約是一百人，要進行成年禮的孩子是六位，一百人的部落其實不算大，準備食材應該不會很費力。

我在傳統市場裡逛了一個下午，採買了許多新鮮的蔬菜水果，還有雞鴨魚肉等等。晚上回到家我就趕緊把一些機動性爐灶、瓦斯、鍋鏟瓢盆都裝上貨車。

隔天一早，心媛將兩個孩子梳洗完畢接著送到鄰居家，與鄰居們寒暄幾句之後就跟著我還有一些工人一同開車前往山區。

「老公，你要小心開車，這山路很陡呢！」心媛抓著旁邊的把手，擔心的說。

「嗯！」此時我需要的是專注力，看著前方陡峭的山路，我心裡也感到十分不安。

經過兩三個小時的車程，我們終於到達了部落。

「歡迎、歡迎，請問是紀永安師傅嗎？」一個在臉上化了五彩繽紛的妝，使我們看不出真正的面貌、頭頂戴著羽毛頭飾、手中拿著一把權杖的男人走向前來。那雙炯炯有神的眼睛、突出的顴骨、瓜子臉、鷹勾鼻，還有脖子上那個老鷹的紋身以及手上那一條龍的圖騰，不知道為什麼，我總覺得在哪裡見過他，但是他的樣貌卻又是如此陌生。

「是的，我就是紀永安。不好意思讓你們久等了，請問這裡有冰箱嗎？」我看著那些用保麗龍箱子裝著的食物，得快點冰入冰箱以保鮮才行。

「啊！下雨了！」對方還沒回答我，說下就下的雨狠狠的打在我們身上。

08 心機

「快點！把那些食材搬到屋簷下！不要淋濕了，還有那些廚具也是，動作快一點！」我緊張的喊著，深怕那些食物與器具有什麼閃失。

「快！你們也去幫忙。」站在我旁邊的那位先生一聲令下，許多壯年男子都來幫忙搬東西。

經過大家一陣忙碌後，總算是將食物冰入「酋長」家的大冰箱，而廚具雖然多少有點淋濕，但沒有大礙。

「謝謝你的幫忙，剛才一陣忙碌，沒有機會詢問先生大名。」我擦了擦佈滿已經分不清楚是汗水還是雨水的額頭，向對方道謝。

「別客氣，我是阿穆瓦・薩多，你可以直接叫我阿穆瓦，薩多是我的姓氏，我是這裡的酋長。你隨行的人員沒事吧？」對方伸出手客氣的說。

「謝謝酋長關心，這次我的隨行人員們都安然無恙。噢！對了！這位是我的妻子，賴心媛。」

「心媛小姐您好，歡迎來到龍之部落。我們都是龍的傳人，今晚也請讓那些進行成年禮的小龍們擁有美好的回憶吧！」

「酋長您好，我們會盡自己最大的能力，讓這些孩子們有美好的夜晚。」心媛也有禮貌的回應。

與酋長一陣寒暄之後，我就與那些工人們趕緊將廚具運到活動場地，接著架起桌子與帆布。

「阿春、阿花，妳們先去擺五色冷盤一共十盤；阿銘、阿華，你們去將甜點和水果擺在桌上，今晚的餐點比較倉促，我們還是要維持品質。」我一邊下達命令，一邊開始我的準備工作。

我先是從籃子裡拿出一盒又一盒的炸物，接著將整桶的橄欖油倒入鍋裡預熱，這鍋等一會兒將會用來炸一些雞塊、薯條、薯餅、蝦餅。

接著另外一個大鍋灶裡注入許多水，讓阿銘和阿華一同把蒸籠一一疊上，裡頭放滿了佛跳牆料、米糕、豬腳、羊肋排，只要時間一到，就可以倒入盤子裡準備上菜。

另一個大的鐵製桶子裡，我開始調製佛跳牆以及火鍋的湯頭，等到蒸籠裡的佛跳牆料蒸熟後，再注入湯頭就可以上菜。

「總鋪師，準備的如何？」酋長在此時走過來關心狀況。

「謝謝酋長關心，準備的還算可以。雖然時間倉促了一點，但我保證餐點的品質絕不倉促。」

「好！非常好。我最欣賞有你這樣態度的人，四海之內皆兄弟，不介意我與你兄弟相稱吧？」

「哈哈哈！這是什麼年頭？怎麼最近都有人要與我稱兄道弟呢？」我突然想到阿龍大哥，好久沒見到他了，不知道在忙什麼，希望不要是去哪裡跟人家打架才好。

「欸！稱兄道弟也無妨，以後這部落的成年禮我還想讓你來辦呢！」

「酋長這麼一說，我真是受寵若驚，還望酋長嚐過小弟的料理後再決定是否要與我結拜。」

「好！果然心思縝密，那麼我期待你晚上的佳餚。」酋長說完後就離開了。

時間就在我們全神貫注的準備之下悄悄溜走，禮堂裡那六位參加成年禮的年輕人已經讓酋長在臉上畫上兩條紅線，聽說那有祈福之用。

「總鋪師，酋長說可以上菜了！」一位年輕的男子走上前來告知。

「好！上菜！」我朝著眾人們大喊，接著我端著第一道菜，後面跟著心媛以及阿春、阿花。

「開胃菜，智慧拼盤，祝福大家智慧高升。」我端著冷盤放到酋長那一桌，那六個年輕人看到由蝴蝶盤盛裝的菜餚，立刻食指大動。

「第二道，三寶魚翅羹，祝福大家擁有三寶：智慧、勇氣、信心。」接著由心媛領著大家端出第二道菜。

酋長的臉上滿是光彩，看樣子我的確有把酋長的面子做足。接著第三道、第四道的菜也都跟著上桌，大家吃得不亦樂乎，我在後頭也煮得很起勁。

「這個月裡，我們部落有六位孩子成年了。成年代表的並不是可以胡作非為，

而是對於自己的使命有更加深刻的體會與了解，要努力的回饋部落。」酋長舉起杯子大聲的說，那宏亮的聲音激起了整個部落族人們的心，大家也舉起酒杯回敬酋長。

「孩子們，酋長希望你們擁有的是一顆純潔乾淨的心靈，不求大富大貴，但求坦蕩於心。這樣我們死了之後，才不會愧對天上的祖靈，才能夠抬頭挺胸跨過那道虹橋，抵達天堂的彼方。」

「喔喔喔喔喔！」酋長激勵人心的演說讓族人們更加激動，大家都十分開心。

「今晚！讓我們好好享受紀永安師傅為我們帶來的佳餚，吃完了之後，記得抱持著感恩的心，當未來自己有能力時，也別忘了像永安師傅一樣，去幫助需要幫助的人們。」首領的稱讚我都聽到了，雖然這趟路程不輕鬆，但看到大家吃得很開心的樣子，我覺得我好像找到當初劉家好跟我說的「身為廚師的驕傲」。但我很肯定的是，我們兩個人的「驕傲」一定不一樣。

這天晚上我們不再是自己收拾善後，所有的族人只要有享用餐點的，都幫忙將場地整理乾淨。如果這個世界上能有多一點像他們一樣善心的人，也許世界會美好一點。

「今天天色已經很晚了，若不介意就在此休息吧！」等到大家一同將場地打掃完後，酋長走過來對我們這麼說道。

我看了看手錶，十一點四十二分，現在是梅雨季節，即便想下山也必須摸黑前進，這實在太危險了，而且我還帶著最心愛的妻子以及別人家的兒女。

「那就有勞酋長了。」我向酋長行個禮，表示同意。

沒過多久，我們就被帶到酋長家的客房，一共三間，其實這個酋長還蠻有錢的嘛！光是自家住宅就有這麼多間客房，而且每間都還有獨立的衛浴以及空調設備。

這天晚上，我們都睡得很好、很沉，但相較於室內的沉靜，室外是稀哩嘩啦下個不停的雨，希望明天下山會是個大晴天。

隔天一大早，我以為會聽到蟲鳴鳥叫，然後聞著花香帶領著跟我一起上山的工人們回到屬於我們的家，接著準備幾天之後的天后宮競賽。我那一雙可愛的兒女也會過來吵著要抱抱，感覺一切都是這麼的理所當然。

但是，我卻忽略現在是梅雨季節，而且有人說墨菲定律通常都會在這時候發生，你越想要的越得不到，你越不希望發生的確會在這個時刻發生在自己身上。一大早起來沒有蟲鳴鳥叫，沒有陣陣花香，只有連綿不絕的雨聲傳來，然後還有一個很糟糕的壞消息。

「酋長，那些出山的道路都被落石擋住了的啦！」一個有十分濃重腔調的族人跑進大廳裡報告。

「什麼出山！死人才要出山！」昨晚好像沒有卸妝的酋長因為族人無禮的回報而感到惱怒。

「對不起的啦！我比較不會說話！只是昨天晚上一直下雨，路都被落石擋住了，可能一時之間無法對外聯絡的唷！」

「什麼？那道路大概什麼時候會暢通？」剛踏進大廳的我聽到這個消息簡直晴

天霹靂，來不及趕回去比賽怎麼辦？

「這個……誰也說不準呢！」酋長臉上也露出煩惱的神情，但隨後撥著電話開始試著對外聯絡。

我緊握著妻子的手，完全沒了頭緒，媽祖娘娘怎麼在這個時候跟我開這麼大的玩笑？

09 千鈞一髮

待在山上已經是第七天了。今天再不下山，絕對趕不上比賽，這樣的話不就讓那個劉家好獨占鰲頭了嗎？這下子可糟了！

「老公，我們今天是不是一定要下山才趕得上比賽？」看著還沒亮的天空，心媛在旁邊問道。

「對啊……而且天樂和宇超這麼久沒看到我們，一定也覺得很孤單吧！」想到我那一雙兒女淚眼汪汪的樣子，我就覺得我現在立刻要回家。

「媽祖娘娘，求求您保佑我們可以安全下山。」心媛在一旁唸著大悲咒，一邊祈求著路途平安。

「不管了，我決定我現在就要下山。老婆，我自己先下去吧！等我安全下山之後，我會叫警察還有道路救災的那些人來修復山路。」

「不行，我怎麼可能放心讓你一個人下山？」

「我帶著妳下山我才不放心吧！」

「不管啦！我一定要跟你在一起，你這樣貿然下山，真的很讓人擔心。」

「妳……」拗不過老婆的要求，但我又不想帶著她冒險，左右為難的我根本不知道該怎麼辦。

「永安大哥。」正當我跟妻子爭執不下時，幾個年輕族人走過來跟我們說話。

「你們好，請問你們是？」我雖然感到疑惑，但還是有禮貌的跟對方問好。

「永安大哥真是貴人多忘事，我們是前幾天成年禮上的孩子。」幾個大男孩面面相覷，然後露出開心的陽光般笑容。

「哦！我想起來了，請問有什麼可以幫得上忙的地方嗎？」

「聽酋長說你們很急著要下山，這次也是我們成年之後的第一個考驗，酋長希望我們六個大男生可以帶著你跟夫人先下山，只要徵求過你們的同意，我們會即刻帶著你們回到平地。」

「真的嗎？」我又驚又喜，心媛則在旁邊答謝媽祖娘娘的保佑。

「沒錯，酋長說這次將二位平安帶到平地，也等於是給我們的考驗，但是一定要平安下山、平安回來。」其中一個平頭的大男孩說。

「會不會很危險？」我擔心的問。

「危險是一定的，連日豪雨讓山路變得泥濘，而且道路被落石中斷，我們必須要繞另外一條路走。雖然比較遠，但是比較安全，不過一樣會有落石的危險，所以要很小心，加上你們不像我們一樣平時都會在山上跑來跑去，所以如果堅持要下山是可以，但危險性一定會有。」

「這……」聽到有危險性我就有點打消下山的念頭，寧可輸掉比賽也不願意失去性命，尤其是把一生都交給我的妻子。

「好！我們一起走。」比我更果斷的心媛此時替我做出了決定。「這樣才知道對方的狀況，更何況我們有高手帶領，一定很快就能下山的。」

「心媛……好！我們現在就立刻動身。」

「請跟我們前往這邊。」

「永安，等一下！」正當我們要跟著那幾位大男孩下山時，一個熟悉的聲音叫住我。

「酋長！」

「我有很重要的事情要跟你講，可能要花一個小時，能否擔誤這時間呢？」

「一個小時？」我幾乎是用尖叫的叫出來。

「老公沒關係啦！我們都等了這麼久了，不差這一個小時。酋長也算是我們的恩人，就去看看他要跟你說什麼吧！」心媛推著我說。

接著我就跟著酋長一起走進了日式的小房間裡，雖然空間小了點，但是布置得很漂亮。左邊有一幅山水畫，下面擺滿了墊子，各種顏色都有；門口的正前方是一扇落地窗，上面還有櫻花圖樣；右邊則是擺放許多整齊的武術用刀槍，還有許多中藥材的味道撲鼻而來。雖然這幾天因為味覺的消失而影響了嗅覺，但是這股刺鼻的味道卻狠狠的竄進我的鼻腔裡。

不知道酋長要跟我說什麼。我們兩個各自拿了一個墊子準備盤腿而坐，酋長從旁邊小桌子的抽屜裡拿了一包不知道是什麼東西出來，用紫色的布包著，還有黑色的緞帶。

「你最近是不是感覺氣血不順、身體很不好？」酋長把門關起來之後便開門見山的對我說。

「是……是啊！」看著酋長臉色凝重的樣子，該不會是發生了什麼事情吧？

「你嚐嚐這是什麼味道。」酋長把兩碗細細的粉末放在我前面，光是用看的根本無法分辨是什麼調味料。

「酋……酋長，對不起。」我整個人趴在他的面前，這時候誠實為上策，他一定知道我不願意嚐嚐看的原因是我失去味覺了。

「我猜的果然沒錯。你這幾天幾乎都沒什麼食欲，前天早上你竟然錯將高粱酒當成水，可見你的嗅覺也因為失去味覺而開始退化，連有沒有酒味都聞不出來。」酋長這麼一說我才想到，原來前天早上喝水會越喝越渴、越喝頭越暈不是沒道理。

「感謝你為了我們這裡付出這麼多，我試試看能否讓你恢復味覺吧！」酋長才剛說完，就將剛剛那個紫色的布包攤開，裡面有好幾根粗細不同的針，等等……該不會是要幫我針灸吧？

「我幫你針灸與拔罐，時間約一個小時，希望這樣可以幫助你恢復味覺。」才剛回神的我立刻被幾個黑衣男子按壓在地上。

「不要掙扎，這樣會比較不痛。」酋長口中咬著一根針，左右手各拿一根，旁邊的酒精瓶罐還被點燃了小小的火苗，裝滿藥草的罐子就在那上面讓火烤著。

只要是人遇到這種場合多少都會掙扎一下吧！這根本就強行硬來了啊！

「嘖！不要讓他亂動。」壓著我的幾個彪形大漢更加用力的壓住我的四肢，我害怕的掙扎起來，這是什麼鬼巫術？我會死吧！

「只是幫你針灸一下，等一下就好了。」酋長安慰著我說。

我從來沒看過這種針灸啊！你們是想搞死我就對了？

「打昏他！」大概是受不了我這樣亂動，壓著我的其中一個男子狠狠的朝我脖子劈了一個手刀，瞬間我就失去了知覺。不知道過了多久，原本進入和室裡聞到的草藥味已經完全不見了，取而代之的是沁人心脾的花香。我按壓著頭坐起來，一旁的酋長抽著罕見的大菸斗，拿起一杯水讓我喝下。

「呸！這是啥東西?高粱酒吧！根本不是水呀！」口乾舌燥的我一口氣就喝下了酋長手中那杯疑似白開水的液體，但入喉的瞬間卻感到一陣嗆辣味。

「哈哈哈！該是回家的時刻了。」酋長看了我的表現非但沒有再遞上一杯新的開水，反而笑著讓剛才那些黑衣人把我帶出室外。

「部落的祖靈會保佑你們平安下山的。」酋長抽了抽菸斗，微笑著跟我們說再見。

雖然想再多問他些什麼，但因為已經耽擱不少時間，我與心媛還有那幾個大男孩便飛快的往山下跑去。

繞過一棵又一棵的大樹，地面鋪滿了被雨水打落的樹葉，還得小心地面是否有泥濘。幾個大男孩平時在山裡東奔西跑已經很習慣大地的節奏，我和心媛雖然不是在都市裡長大，但也並非在這樣的山裡成長，走起路來顯得份外吃力。

「永安大哥，還好嗎？」其中一個大男孩走過來問。

「還好，還好。」我擦拭著額頭上的汗水，回頭望著妻子小心翼翼的步伐。

「老婆，小心點呀！」

「好。」心媛沒有多加回話，因為要專注於腳下的每一步，稍微不慎就有可能跌落山谷。

「停！你們有沒有感覺到？」帶隊的那位男孩突然間沉默，眼睛不停的看著四周，其他男孩也跟著戒備起來。

「怎麼了嗎？」我擔心的問著，如果在這荒野出現熊或豹之類的猛獸就糟了。

「地面在震動！」帶隊的男孩回話說。

不是吧……這時候還遇上地震？

「永安哥！小心！」突然間兩個男孩把我拉開，一顆超大的落石從山頂落下，正巧卡在我跟心媛中間。

「碰」的一聲，四周揚起塵土，我和拉住我的兩個男孩一起跌落在地上。

「永安——」我聽到石頭的另一端傳來心媛淒厲的叫聲。

「老婆！妳怎麼了，該不會被砸到了吧？」我摸著那顆巨石大聲的喊著。

「我沒事，你呢？」還好心媛沒事，不然我要怎麼去面對岳父岳母還有那兩個孩子。

「我也沒事。老婆，我等一下就過去找妳！」

「不要過來！老公，你現在如果又繞過來一定會花上大半天時間，而且這顆落石不知道會不會突然又開始滾動。你快點下山吧！趁著現在還來得及去參加比賽，快點先下去吧！」心媛在石頭的另外一端喊著。

「老婆，要走一起走！既然帶妳出來，我就一定要帶著妳一起回家，哪有把妳丟在這裡的道理！」我大喊著，內心的焦急更甚於熱鍋上的螞蟻。

「永安大哥，我們還是先下山吧！夫人會有其他四位族人照顧，你不要擔心。目前還是要先把你送回平地比較重要，我跟你保證，夫人不會有事的！」帶頭的那位男孩急著將我帶離開，如果再繼續待著，也許等一下又會有更多的落石掉下來。

「心媛，妳一定要平安的回來。」我大喊著，接著被那群男孩半推半就的帶離那塊大石頭旁邊。

通過落石最容易坍方的地段，那些男孩的腳程變得輕快，我得要努力小跑步才跟得上他們。

「永安大哥，穿過前面的溪流，我們就可以抵達山下的階梯，順著階梯往下走就會到一個公車站，那邊的公車三十分鐘會來一班，接著就會送你回到南村。」

「謝謝你們，沒有你們的帶路我真不知道該怎麼辦。」

「現在謝謝我們還太早，這溪流十分湍急，過河時一定要小心！上面的岩石附有一些青苔，所以一定要小心不要滑倒了，被溪流捲走可不是小事。」

「那……這附近沒有吊橋之類的嗎？」

「很久以前被山洪沖壞了。我現在先綁著繩子涉水到對岸，你扶著繩子慢慢走過來，他會在這端替你拉穩繩子。」那個男孩說完就立刻將繩子綁在自己腰間，扶著那一顆顆充滿青苔的石頭慢慢的走過湍急的河流。

「永安大哥！扶著繩子慢慢走過來！小心腳上的石頭。」已經到對岸的那個男孩對著我大喊。

看著那像萬馬奔騰的溪水，即便平時怎麼膽小，為了回家我還是咬緊牙關、捲起褲管，扶著繩索慢慢的走過溪流。好不容易我用龜速的速度過河之後，接我的那位男孩帶著我跑到階梯那邊，順著山腰往下走，的確看到一個公車站牌。

「永安大哥，我就送你送到這，我們會將夫人安全的送回來，請放心。」那位有禮的男孩對我鞠個躬。

「不不不，我才應該要感謝你們。如果沒有你們的帶領，我今天也不可能活著從森林裡走出來，更不可能獨自涉過湍急的溪水。」我握著那個男孩的手，感激的說。「你們一定會成為很棒的人，我很開心認識你們。」

「我也代表參加成年禮的孩子們謝謝你，如果沒有你的佳餚，還有你對食物的執著，我們可能永遠都無法吃到這麼美味的料理，謝謝你，替我們煮了一桌元氣滿滿的食物。」那個男孩眼中閃爍著光芒，我看得出那是一種感激、感謝又喜悅的光芒。

也因為他的加油打氣，我更加堅定自己在廚師這條路上的奮鬥與努力。

10 鹿死誰手

搭上好不容易等到的公車，送回了那位有著開朗笑容的男孩子，我心裡感覺挺踏實的，這些孩子如果繼續維持這麼正面的態度與能量，將來一定有所作為。

「司機，請問一下，從這裡到北村大概是多久？」一上車我就立刻詢問車程時間。

「大概要三個小時。」公車司機友善的回應著。

這樣算來，現在是早上九點多，到達北村大概十二點，應該來得及參加比賽。跟鄰座的乘客借了手機打給領班，請他將材料都準備好，一定要在天后宮等我回去。昏昏沉沉中我在公車上睡著了，又是爬山、又是涉水、又是攀岩，我的體力早就已經耗盡。

「北村天后宮、北村天后宮」公車上的廣播讓我突然驚醒，急忙按鈴之後下車。

耀眼的陽光、人聲鼎沸的街道、陣陣飄香的菜餚都讓我感謝媽祖娘娘讓我平安回到這裡。

「宮主、宮主，對不起、對不起，我遲到了。」趕忙跑到宮廟正前方，看著那一炷用來計時的香已經完全燒完了，加上劉家好的助理們已經將一道道菜餚放在評審桌上，難道……我就要這樣認輸了嗎？

「哎唷！這不是大名鼎鼎的南村總鋪師——紀永安先生嗎？怎麼這麼狼狽啊？全身都是泥濘、還溼答答的，這樣也配當廚師？」劉家好見狀便走過來奚落我一番，聽了當然不是滋味。

「宮主，對不起我因為事情而耽擱了，請你給我一次機會，讓我好好的表現一次。」我走上前去，距離評審席有幾步的距離，我怕身上的泥濘會髒了他們的衣服。

「這……」幾個廟會委員們彼此看來看去，都沒有一個答案。

「不然我們擲筊問問媽祖娘娘，如果祂同意我們就讓你有大顯身手的機會。」宮主最後做出了決定。

我先是借用了主委家的浴室，將自己清理乾淨。蓬鬆雜亂的頭髮變得整齊，換下沾滿溪水的衣服，穿上代表廚師的白色制服，原本灰頭土臉的樣子經過一番清洗之後也變得容光煥發，整個人都不一樣、恢復以往的神采奕奕。

接著我來到眾人聚集的天后宮，拿起筊杯對著媽祖娘娘行三個禮。

「媽祖娘娘在上，信徒紀永安因為某些事情耽擱了廚藝競賽，懇請媽祖娘娘賜給我三個聖筊，讓我可以在廚藝上面大展身手。」嘴中唸唸有詞，我將手中的筊杯甩了出去。

「聖筊啊！」宮主拍手叫好，我心中的大石頭也稍稍落下。

「媽祖娘娘，請您千萬要保佑我這次還是聖筊。」我緊握著筊杯，接著又將其甩出去。

「第二個聖筊啊！」眾人也紛紛開心的拍手祝賀。

「最後一個了，媽祖娘娘，請您千萬千萬保佑我擲到聖筊，不然我與心媛以及那群孩子這麼努力想要回到這裡就都白費了！媽祖娘娘請您千萬要保佑我啊！」說完我將筊再次甩出去。

「聖茭啦！媽祖娘娘決定要給永安師傅一個機會啦！」宮主開心的大叫著。

「永安，媽祖娘娘已經給你機會，你現在就要好好把握！」廟方主委拍著我的肩膀說。

「謝謝主委，我會努力的。」我想，現在我的臉上應該都充滿著開心的神情。

「哼！純粹是好運罷了！我就不相信一個失去味覺的人能夠料理出什麼好東西來！」

「妳……妳怎麼知道的？」

「哼！這世界上只要有我劉家好想知道的事情，沒有任何人可以隱瞞我。」

「是嗎？那妳消息也更新的太慢了。」

「不管怎麼樣，今天你是輸定了！」撂下狠話之後，劉家好再次回到自己的工作崗位上。

我對於她的言論並沒有多加理會，因為那只會浪費自己的時間而已。

幸好同伴們早就依照我的指示，將許多食材準備好。我站在鍋爐前面，首先將

許多海鮮料汆燙去腥味，接著用太白粉調製父親教我的羹湯，接下來用大火將海鮮料乾炒後再加入羹湯中，用小火慢燉直到微滾，這樣就準備完畢。

接下來則是「紅蟳米糕」，我在蒸籠裡放入生米，接著滴入些許香油，另外一邊用較小的蒸籠將紅蟳蒸熟，接著將那些熟米加入黑胡椒粉與茶葉粉一同攪拌，完成之後再將原汁原味的紅蟳放在米糕上。這道色香味俱全的菜餚就可以上桌了。

最後則是「糖醋魚」。我在已經預熱的油鍋裡放入一條魚，「啪滋啪滋」的油炸聲讓大家聽得口水直流，然後在一旁的鍋子裡面加入所有醬汁、應該有的調味料以及獨門祕方，最後撈起炸成金黃色的魚，淋上醬汁後就將其端上桌了。

時間剛剛好，一炷香燒完了，我也完成了自己的挑戰。

「各位親愛的鄉親父老們，這次我們特別舉辦了廚藝大車拼，由南村的紀永安師傅以及北村的劉家妤師傅共同比拼。現在你們手上都有一把小紅旗和一把小白旗，紅旗代表南村永安師傅，白旗則是北村的家妤師傅，在你們品嚐完兩位廚師的作品之後，請將紅白二旗擇一投入廟前的大甕裡，最後旗子多的那一方就會獲

勝。」主持人在台上滔滔不絕的講著，我的心情十分緊張，不知道大家吃完之後的想法如何。

「不用比了啦！我劉家好絕對會贏得這場漂亮的仗，光是漂亮的擺盤就贏你一大半了！」劉家好依然用十分挑釁又高調的語氣說著。

「等著吧！鹿死誰手還不知道呢！」我充滿自信的回答。

「我現在就可以告訴你，我絕對贏定了！」

「哦？是嗎？比賽還沒有結束，妳怎麼能夠這麼肯定？」

「失去味覺的廚師是能夠料理出什麼好東西來？更何況你根本不懂什麼是身為廚師的堅持與驕傲，只會一味的迎合別人的喜好。」

什麼叫做一味迎合別人的喜好啊？廚師不就是要做出讓大家喜歡的料理嗎？

「我從妳的料理之中，看得出來妳是一個很固執的人。我過去也跟妳一樣是自我意識很強的人，所以常常吃虧，之後被父親提醒，我才意識到自己因為這種『堅持』而失去很多學習的機會。當廚師如果只擁有自己的堅持與驕傲似乎有點太偏激了，雖然這樣很好，但也會錯過很多成長的機會。畢竟妳不是最完美的，有這樣特別的堅持與驕傲很容易讓妳有先入為主的觀念，而且容易什麼都聽不進去。況且我也沒表示過『凡事』都要聽從別人的意見，我說的也只是『參考』。」大概沒料想到我會一下子講出這麼多話的劉家妤整個人都愣住了，我見機不可失，便繼續灌輸她正確的觀念。

「成為廚師開心的是能夠料理出屬於自己的餐點，並將食材賦予意義。一個廚師有沒有水準、是不是個好廚師，這些還是要靠品嚐者來決定。畢竟想成為廚師，也是希望有人嚐過妳的料理之後被感動，進而稱讚妳，然後周而復始的為了幸福而煮，不是嗎?不然妳也可以不用來當廚師，自己在家裡隨意煮來玩玩就好，對吧?」我自己都沒想過能夠說出這麼長篇大論的道理，自己都被自己嚇了一跳。

「哼!你不能光看瀑布就說地球是方的!也不能光看我在料理上特別固執就說我是一個固執的人吧?不要太快對人下定論，你看到的只是我的一部分而非全部。沒錯，我的確很固執，特別在料理上。總之我想說的是，不要以看到的當作全部，

我比你想像的還要更多元。關於料理一事，雖然以我來說會太自大了點，但我相信人是一種會習慣的動物，以前聽到別人稱讚當然會開心，但現在我已經完全沒有感覺。如果只是為了贏得別人的稱讚而煮，那麼長期下來也是會倦怠的。」劉家好也不甘示弱的跟我展開口水戰。

「我只是單純的很喜歡煮東西，也喜歡分享自己的手藝。我不會向別人大聲嚷嚷著自己有才華，也不會刻意去教導他人，況且這種東西也教不來，有人喜歡、有人想品嚐，我就煮，如此而已。」劉家好驕傲的說。

沒想到劉家好會這麼正經的跟我講著他自己引以為傲的「觀念」，整個價值觀乍聽之下是對的，但心態卻有點扭曲了呀！

「第一，瀑布跟地球是圓是扁並沒有相對的關係，更何況現在沒有人會覺得地球是方的吧？文學造詣不好就不要這樣亂舉例；第二，有人喜歡妳的料理、想要品嚐，那不也是一種稱讚嗎？妳又怎能說對於那些食客的稱讚完全沒有感覺呢？第三，料理這種事情是教得來，只是妳沒有這種實力去教而已。」抓住劉家好的語病，我開始反駁她的話。

「我是廚師，不是作家，更不是老師。」劉家好有點惱羞的回了我這句話。

「既然不會就不要亂引用，會讓那些咬文嚼字的人看笑話。人都是要互相交流才能學習成長。」我輕蔑的笑了，因為她已經開始被我激怒了。

「哼！你喜歡交流就去交流吧！但小心不要碰壁了！」看到我笑，劉家好整個人已經沉不住氣，開始發出「吃不到葡萄說葡萄酸」的言論。

「劉家好小姐，謝謝妳的指教。但我心知肚明就是因為自己有不足，所以才要交流，更何況多碰幾次壁也不見得是壞事，搞不好還可以成長，既然如此我何樂而不為？最好多來雞蛋裡挑骨頭，我才會更加進步。」我又自信的笑了，對方根本沒有招架之力就被我用言語壓制在地，我眼睜睜看著她氣呼呼的轉身離去。

「哇！永安哥，我都不知道你有這種三寸不爛之舌耶！把那個囂張的劉家好講得無話可說。」今天來幫忙的阿坤看到我和劉家好辯論的樣子，不禁拍手叫好。

「你這是稱讚還是調侃啊？我只是看不慣她那個樣子，空有一身好廚藝有什麼

用？沒有人品就等於什麼都沒有。我不管她的家庭背景是什麼，連最基本的『尊重』都不知道要給人家，還在那裏跟我講什麼『身為廚師要有自己的堅持與驕傲』，搞什麼？我以後遇到像她這樣難纏的傢伙，我就用這句話送給對方。」我還是有點生氣她那高傲的態度，不過看在她都被我氣到說不出什麼話來的份上，就先暫時饒過她吧！

「永安哥，你剛剛講這麼多，該不會是……想要改變她的想法吧？」阿坤猜測的說。

「那些是我自己的立場，我不會去改變任何人。她要這樣也一定有自己的理由，雖然我不喜歡這樣的態度，但總得站在公正的立場去看待每件事情，參雜太多私人情緒並不能將事情完全處理好。」雖然剛才跟她爭論的這個行為很幼稚，但我的確也有自己的想法，我也想要堅持著某些屬於自己的觀念，就像她想捍衛自己的想法是一樣的。

「永安！」正當我回憶著剛才爭論的內容時，滿身泥濘的妻子從遠處跑來。

「心媛！妳還好嗎？」我連忙上前去攙扶著虛弱的妻子。

「還好，那幾個小夥子合力將我帶出那個山坡，跋山涉水終於回到這裡了！」心媛開心的說。

「老婆，這一路上辛苦妳了。」我不捨的看著眼前的女人說道。

「不辛苦、不辛苦，只要我們平安就好，比賽的結果出來了嗎？」心媛轉個話題問。

「還沒有，要等到來參加的民眾投完票之後才能確定贏家。」我充滿信心的回答。

「各位先生女士們，現場所有的民眾都已經投完票了，接下來就是我們開票的時刻。因為這個玻璃甕實在太大了，所以我們決定用槌子將其擊破，然後再依照裡面的色旗做分類。」廟方主委用麥克風擴音說著。

接著就看到幾個十分壯碩的男子，分別拿著一把槌子，二話不說就往玻璃甕敲去，原本十分堅固的玻璃甕也開始慢慢出現裂痕。

11 酸的糖醋魚

「同時，我們也請評審們來吃吃看兩位主廚的餐點，今天請來的三位評審分別是榮獲義大利美食料理冠軍的主廚——馬可先生；當紅美食評論家——服音小姐；以及食品集團的董事長——王鳴浩先生。現在就請劉家妤小姐介紹自己今天準備的三道菜。」廟方主委說完後，比了個手勢，劉家妤接過麥克風之後開始滔滔不絕的講著自己的料理。

「好的，感謝各位評審蒞臨。我今天的第一道料理是『活跳鮮蝦』，希望吃過的人都能跟蝦子一樣活力十足。」接著幾個女服務生端上那盤「活跳鮮蝦」，圓形的盤子中間擺著用美羅生菜捲起的裝飾，中間還插著一朵玫瑰花，十隻蝦子以順時針的方向依序排好，淋上美乃滋之後還灑上巧克力米。

「請各位慢慢享用、細細品嚐。」劉家妤說完，評審們就拿起蝦子開始剝殼。而那位美食評論家臉上一直皺著眉頭，那些美乃滋都沾在蝦殼上，劉家妤也太疏忽了，竟然沒有去掉蝦殼就擠上美乃滋，是要評審吃蝦殼嗎？

「這蝦子又大又肥美，一定可以滿足各位評審的味蕾。」劉家妤繼續補充。

在我眼裡看來，她又打了自己一巴掌：評審滿足就會給她稱讚，那她之前說的那些是什麼東西？

「接下來第二道料理是『南瓜煲雞』，使用最新鮮的南瓜，將其果肉去掉，裡面放上了雞肉與中藥材，養顏補身又美容。」依照前一道菜的慣例，劉家妤說完就有幾個女服務生端出她的料理到評審桌上。

被掏空的南瓜當成雞湯的容器，旁邊還用柳丁雕刻成兔子當作裝飾，我覺得這倒是個挺有新意的創作，但如果她有把南瓜的果肉加進去，那就更能符合菜名了。

接著就看到評審們拿起湯匙與筷子夾起南瓜盅裡的雞肉，吃完之後大家都紛紛點頭，看樣子應該是還不錯。

「最後一道菜是『前程似錦』，由各種什錦料理快炒之後，淋上特製的醬料，搭配窯烤的地瓜，實在絕配。」劉家妤一邊說一邊做動作，彷彿是要將自己融在料理之中。

只見幾位評審們拿起小碗，紛紛用湯匙舀了幾匙的什錦料進入碗裡，接著拿起

筷子慢慢享用。

「哇！這是什麼特殊醬料，也太好吃了吧？」王董事長首先舉起大拇指，那種神情就像是他從來沒有嚐過這種味道的樣子。

「是啊！這個味道真的很特別。」很難得，美食家開口稱讚劉家好的料理，看樣子那盤「前程似錦」抓住了他們的胃。

「可以告訴我們，妳在裡面加了什麼嗎？」馬可先生雖然是外國人，但料理無國界，更何況他來台灣也應該有一段時間了，說的話都字正腔圓。

「我加了烏醋。」劉家好得意的瞄了我一眼後說。

「原來是烏醋呀！不過只有烏醋，應該不可能把味道帶得這麼好吧？」美食家問。

「沒錯，我在裡面放的是我的獨門配方，這是家傳的祕密，恕我無法公開。」劉家好得意的微微彎了腰，嘴角笑得都要貼到眼角了。

「真的很好吃，不愧是留學回來的博士，妳父親有妳接班真是件光榮的事情。」王董稱讚道。

「謝謝各位評審的青睞與稱讚，我未來也會更加用心的。」

劉家好根本口是心非！剛才是誰說對稱讚免疫的啊！現在別人誇個幾句，笑得魚尾紋都可以夾死蚊子了。

「接下來我們輪到紀永安師傅來介紹他的菜色。」突然主持人將焦點放在我身上，讓我有點不知所措。「永安師傅，請你介紹一下你準備的三道料理。」

「好……好的。我的第一道菜是『鮮翅魚蝦羹』，今天早上我特地請人去港口拿最新鮮的漁獲，由鮭魚肚、草蝦肉、小卷、花枝等食材一同熬煮，加上勾芡的湯頭與香菜搭配出來的味道，保證讓你們在味蕾上有五星級的享受。」我剛說完，女服務生就來把那三碗的羹分別端到評審們的面前。

「看樣子我們永安師傅果然十分細心周到，連競賽的料理都替評審們分成三等份了。」主持人在一旁說了些替我加分的話，但我只想知道評審們嚐過的感覺。

但是高標準的他們一口氣將那一小碗的羹湯喝完之後並沒有要求再來一碗，我的心情真是七上八下。

「請上下一道菜吧！」美食家沒有表情的看著我。

「好……好。接下來是『紅蟳米糕』，採用還留有蟹黃的紅蟳，搭配我們特製的米糕，請各位評審嚐嚐看。」看到那三個小空碗，雖然他們是把羹湯喝完了，但沒有表示什麼讓我不免感到有些失望。劉家好的料理他們都吃得津津有味，怎麼我的料理就淺嚐即止呢？該不會是真的有什麼問題吧？

「你可以說說這是用什麼米做的嗎？」王董事長在吃過一小口的米糕之後開口問我。

「先用紅蔥頭、香菇、蝦米、絞肉一起爆香，接著將生糯米放入蒸籠裡使其接受水蒸氣，最後將兩者合一，再灑上胡椒粉，就是各位面前的米糕了。」我將製作過程一五一十的講出來，但隨後三位評審也沒有發表任何意見，現場的氣氛有點尷尬。

我還聽到劉家好在一旁邪惡的笑著，如果這一仗輸了面子可真是掛不住呀！

「接下來是第三道菜，很平凡的『糖醋魚』。」我將處理好的糖醋魚放在評審們面前，看著他們拿起筷子將魚肉挖開，接著一口接一口的放入口中，這道料理的味道應該會好一點吧！

「沒有味覺的廚師要如何能夠料理出糖醋魚呢？別笑死人了！」劉家好帶著她的隨從，放肆的在一旁大笑。

「什麼？你沒有味覺？」聽到這個消息的馬可先生不禁大吃一驚。

「呃……這是有原因的。」我試著想要解釋些什麼，但卻什麼也說不出來。

「永安先生，失去味覺對一個廚師而言是很殘酷的，你怎能忍受這麼大的痛苦還跟劉家好小姐互相較勁呢？」馬可先生提出自己的疑問。

「我……」

「爸比——」

「爸比——」正當我想要告訴馬可先生整個過程時，兩個稚嫩的聲音從我的後頭傳來。是隔壁鄰居帶著天樂和宇超來到這裡替我加油嗎？

「天樂、宇超，你們怎麼來了？」我單膝跪在地上，抱著兩個孩子問道。

「小彥的爸比說你在這裡有比賽，我們想來看你比賽，然後幫你加油！」天樂天真無邪的說。

「對啊！姊姊還說你一定會把對方打得落花流水。」宇超也開心的跳著。

「我們的爸比最厲害了，你煮的菜最好吃了！你一定會贏的！」兩姊弟彷彿是串通好似的，一起講出這句為我加油的話。

「永安先生，我想，我知道為什麼你在廚藝與料理上面如此堅持了，因為你有一雙可愛貼心的兒女。讓料理充滿愛，然後讓吃的人也跟著幸福，就是身為廚師的成就。」馬可先生站起來，走向主委的地方投下自己的一票。

接下來另外兩位評審也分別去投了票，我抱著天樂和宇超靜待著結果。

「好的，各位現場的嘉賓以及我們的評審們都投票完畢，現在有請評審們針對今天的料理做出講評與建議。首先我們請義大利料理冠軍的馬可先生，針對雙方的第一道料理為我們講幾句話。」主持人將麥克風交給馬可先生後，便退到台下去。

「各位台灣的鄉親們大家好，我是來自義大利的廚師——馬可羅賓，今天很榮幸被邀請到充滿人文氣息的天后宮，品嘗兩位大廚的手藝。我個人覺得，身處異鄉的確不是件容易事，但是劉家好小姐的蝦子卻讓我對於『蝦』的料理有更深一層的認識，原來蝦子也可以這麼料理。」馬可先生說到這裡便給劉家好一個掌聲，台下的觀眾們也跟著一起拍手。

「但是……」馬可先生停止了拍手，接著繼續說道：「紀永安先生的魚翅羹卻讓我想起小時候，那時我跟父母住在一個靠海的小村落，每當父親滿載而歸時，母親就會用那些海鮮做出不同的料理。我沒想到在異國的台灣也能吃到小時候的記憶與味道，我的父母已經到天上成為天使，謝謝你讓我懷念起小時候，你讓我覺得我的父母此時此刻就待在我的身邊陪伴著我。」馬可說完將頭上的帽子摘下，對著我行了一個禮，他鞠躬的瞬間現場爆出尖叫聲與拍手聲，我感到有些手足無措。

「劉家好小姐的料理讓我找到了異國的風味，但是紀永安先生的料理卻讓我憶起過去。」馬可先生再次對著我們表達謝意。

「非常謝謝馬可先生，接下來有請服音小姐對第二道佳餚作出評論。」主持人將馬可先生送回他的位置之後，接著又請了美食評論家上台發表講評。

「對於劉家妤小姐的第二道菜——『南瓜煲雞』，我個人感覺味道十分清爽，而且雞湯的精華整個都被包覆在南瓜盅裡，搭配南瓜裡頭特有的香味，真的是養顏補身又美容呀！不過如果可以在裡面加上些許南瓜，也許就更能夠完整呈現這道料理的名字了。」果然和我想的一樣，也許我以後也可以考慮「美食評論家」這個行業。

「紀永安師傅的『紅蟳米糕』雖然在一般辦桌時都會吃到，但是那米糕的米咬起來相當Q彈有嚼勁，而且配料也炒得很香，與米糕混在一起真的是絕配，加上帶有蟹黃的紅蟳，嚐起來真的很令人難以忘懷。」聽到美食家這麼讚譽自己，我整個人都要飛上天了！

「兩位都是很傑出的廚師，我真的很難做決定到底要把票給誰，但是既然是競賽還是得分個高低，屏除分數這一塊，你們都是很棒的廚師。」服音小姐說完台下響起一片掌聲，主持人一樣送她回到座位，然後迎接著最後一位評審。

「各位我敬愛的鄉親們，小時候我在這塊土地上長大，如今我有能力，所以我願意回饋社會。當年我們家很窮，我的媽媽在我考取台灣大學的時候煮了一道料理為了我慶祝，但就在隔年，她卻因病過世了。從她過世之後，我一直到處尋找所謂『媽媽的味道』，但是我都找不到，即使吃遍了全世界高檔的餐廳，卻依然沒有人能夠調味出那種……記憶裡的味道。」

王董事長停了下來，手伸進口袋裡拿出手帕將額頭上的汗水擦了擦後，繼續說道。

「三十幾年失去的味道我在今天、此時此刻、北村天后宮前面，再次品嘗到這股感受。我要說的是，感謝紀永安先生，讓我回味了當年的糖醋魚，讓我想起我媽媽的那份古早味。」王董事長說完，我整個人都呆掉了。

製作料理是為了讓人感到幸福，我做到了！我真的做到了！

「爸比好棒喔！大家都幫你拍拍手耶！」宇超這時候拉了拉我的衣角，我才回

過神來。

「紀先生，我可以得知你對料理的想法嗎？」馬可先生走過來說。

「我只是個很平凡的人，做著我很平凡的料理，但我希望來享用這些美食的人們可以因為我的料理而感到幸福、愉悅。我知道自己無法改變這世界太多，但我希望盡自己微小的力量，讓來品嚐我的料理之人都可以知道，這個世界上還是有人可以跟著他們一起努力，我在廚藝上的堅持希望可以帶給更多人前進的動力。」我與馬可先生握了握手，今天收到的稱讚已經不只是稱讚了，更是一種肯定，一種可以讓我繼續努力下去的肯定與支持。

「好的，各位鄉親父老，現在三位評審們都發表完自己的感想，接著我們就要來看看這大甕裡是紅旗多呢？還是白旗多。現在只要再敲一下，整個玻璃甕都會碎裂，就讓我們一起見證這美麗的時刻吧！」主持人舉起大槌，狠狠的往玻璃甕上一敲，原本就已經佈滿裂痕的甕直接在大家面前碎成碎片，裡頭的旗子也跟著灑了出來。

12 好心有好報

「是紅旗！滿地紅的紅旗！」主持人自己也覺得不可思議。

滿地的紅旗就像盛開的花朵一樣鮮豔、就像夏天的太陽一樣耀眼，完全純潔的紅色沒有參雜著任何一絲白點，也就是現場好幾百位鄉親父老，全部都投給我了！天啊！真是令人開心的消息。

「獲勝者！紀永安師傅，以壓倒性的勝利贏得天后宮五年流水席的合約，我們有請紀永安先生上台接受這項殊榮。」這是多麼難得的一件事情！

「怎麼可能……怎麼可能！你不是沒有味覺嗎？為什麼還能做出讓大家稱讚的食物？」劉家好在一旁不甘心的喊著。

四周突然安靜下來，只剩下她一個人氣呼呼的對著我咆哮，接著她抓住我的衣領，眼中散發出熊熊烈火，整個人都氣炸了，雖然是個女人，但力氣卻很大。

「說！你是不是動了什麼手腳？怎麼可能沒有人選我？」劉家好開始漸漸要失去理智了，我最好離她遠一點。

「我沒有！這只是各憑本事罷了。」

「你沒有味覺啊！沒有味覺的人要怎麼煮出這些東西啊！你說啊！」

「妳確定我沒有味覺嗎？」說完這句話後，劉家妤整個人先是愣了一下，然後又緊緊抓住我的衣領。

「不可能……短短幾天，你怎麼可能恢復味覺？我先前聽來的消息並不是這樣啊！你一定是用了什麼巫術，對吧？」

「我只是個平凡人，最好是會用什麼巫術。倒是妳，到處亂打聽別人不打緊，打聽來的消息還是錯的啊！」

「你沒有資格教訓我！大家都不知道其實你根本就是靠著阿龍大哥的勢力，才在南村有一席之地；你也是因為靠著阿龍大哥的關係才能來到北村跟我競爭這塊資源，不要以為沒有人說你就可以隻手遮天，完全就是靠著黑社會的勢力你才有今天的啊！」

「你不要含血噴人！我所作所為都是正正當當，絕對沒有依靠黑道這回事。」

「是嗎？小妹妹，我問妳，阿龍大仔妳要叫什麼？」劉家妤突然轉向對著天樂。

「叫……叫……叫乾爸……」天樂被她這麼一嚇，整個人都愣住了。

「看吧！紀永安的女兒要叫阿龍大仔『乾爸』，那就是有關係囉！怎麼會說沒關係呢？」

「有關係又怎麼樣？」就在我想辯駁的時候，阿龍大哥突然從眾人群裡面走出來，他穿著花襯衫、夾腳拖、西裝褲，整個人充滿霸氣。

在旁邊的民眾很自動的開出一條路，讓他與身後那十幾個小弟走到我旁邊。

「阿……阿龍大哥。」劉家妤剛才囂張的氣燄在見到阿龍大哥之後完全消失殆盡。

「妳剛剛說永安是靠著我的勢力才有今天這樣的局面，是吧？」阿龍大哥不屑的看著劉家妤說。

「本……本來就是啊！你收了他的女兒當乾女兒，他變相擁有你的勢力，不是嗎？」劉家妤壯了壯膽子說。

「家好啊！我其實一直在挺的人是妳耶！」阿龍大哥瞇起眼睛，感嘆的說。

「怎麼可能？阿龍大哥，您別跟我說笑了！我怎麼可能有您挺我呢？」劉家好尷尬的笑了笑說。

「妳還記得每年妳都會接到鳳凰山裡的部落酋長，要求妳去替孩子們辦成年禮嗎？」

「記……記得啊！您怎麼知道？」劉家好驚訝的看著阿龍大哥。

「虧妳還去到那個部落這麼多次，妳仔細看看我的臉。」阿龍大哥說完，我也跟著劉家好一起凝視著阿龍大哥。

「酋……酋長？」我突然驚呼了一聲。

那雙炯炯有神的眼睛、突出的顴骨、瓜子臉、鷹勾鼻，還有脖子上那個老鷹的紋身以及手上那一條龍的圖騰，根本就跟山上部落的酋長如出一轍。

「呵呵呵！永安老弟，你的觀察力很好呢！」阿龍大哥輕輕的笑著，一旁的劉家好張大了嘴，一副不可置信的樣子。

「家好啊！妳現在知道是誰一直都在接受我的幫助了吧？這次要不是因為妳把機會讓給永安，我也沒有機會可以向妳說這件事情。」阿龍大哥說。

「怎麼會這樣……」劉家好還愣在一旁不知所措。

「所以……是你把我的味覺找回來的？」我驚訝的問。

「沒錯，雖然我只學過一點中醫，但家父還教過我穴位，幫助你找回某個知覺並不是難事。」

「真的太謝謝你了！阿龍大哥，你的大恩大德我該如何回報呢？」

「別這麼說，你是天樂的父親，當然也算是我的好兄弟，不用回報！為你付出我心甘情願！」阿龍大哥很海派的說。

「劉家好，要輸得心服口服才行啊！所有的民眾與評審們都一致認為永安的廚藝高於妳，要有風度一點，輸了就輸了。」阿龍大哥安慰著她說。

「不可能……不可能！」劉家好就像受到什麼刺激一樣，雙眼無神，接著拿起菜刀開始胡亂揮舞。

「欸欸欸！妳幹嘛？快把刀子放下！」廟方主委看見事情不妙，連忙指揮旁人報警，自己很緊張的安撫劉家好的情緒。

「不可能！我堂堂一個餐飲系的博士，怎麼可能輸給一個只有高中畢業的廚師！」劉家好依然揮舞著手中的菜刀。

「妳冷靜一下，妳的料理沒有問題，大家都很喜歡，只是如果更加重視新鮮度的話會更好啊！」服音小姐在一旁說出不知道是規勸還是刺激的話。

但無論是哪一種，劉家好都聽不進去。

「騙人！如果覺得我很好，為什麼不投票給我？我千辛萬苦從小就到國外去磨練，難過的時候沒有父母陪，還要忍受外國人對黃種人的歧視；在比賽上要忍住那些外國人的挑釁和不公平的對待，好不容易慢慢的撐過那段時期，回到台灣準備大顯身手，終於有個屬於自己的天地可以好好發揮，如今……如今我什麼都沒有了！」劉家好開始歇斯底里的大叫。

「妳有啊！妳還有各大企業的老闆會支持妳，會讓妳承辦尾牙或春酒啊！」廟方主委很著急的勸著劉家好，但她好像什麼都沒聽進去一樣。

「我什麼都沒有了……我什麼都沒有了……我要怎麼跟我爸交代？我先前的努力算什麼……都是你！紀永安都是你！為什麼要來搶我的地盤？為什麼要處處跟我作對？」劉家好失去理智的大喊著。

我先澄清一件事，我沒有要去搶她的地盤，也沒有到處跟她作對，當然也不會因為她是女流之輩就欺負她或是承讓她，完全都是出自於自己對料理的喜愛與執著。

但這些話如果跟她講，她手上那把刀一定會朝我飛過來。

「劉家好，妳不是說身為廚師要有自己的堅持與驕傲嗎？我無意與妳為敵，反而樂於在廚藝上跟妳切磋交流。把刀子放下，有話我們好好說。」我幫忙著大家一同安撫眼前拿著刀子揮舞的劉家好，她如果傷到人就不好了。

「你讓我不好過，我也不會讓你好過！」劉家好說完拿著菜刀朝著我衝過來。

「永安！小心。」阿龍大哥見狀一把將我推到一旁，自己空手接下了劉家好劈下來的那把刀。

「家好，妳醒醒，不要失去理智啊！」阿龍大哥將那把刀推出去，力道之猛將劉家好也一併推出去。

「匡啷」一聲，劉家好連人帶刀倒在地上，接著她用左手將自己撐起來，抬頭往天樂和宇超的方向看去，心媛正用雙手搭在我那兩個孩子的肩上。

「紀永安！我要讓你嚐嚐痛苦的滋味！」劉家好猛地站起來往天樂和宇超的方向跑去，宇超反應比較快，立刻躲到心媛身後。

「天樂！」來不及反應的天樂被劉家好一把抱住，一把大菜刀就這樣架在天樂的脖子上。

「爸比——嗚嗚嗚……」受到驚嚇的天樂開始淚眼婆娑。

「劉家好，妳幹什麼?把我女兒放下！」看到這個場景的我理智線瞬間崩裂，她要是敢傷到天樂一根寒毛我絕對跟她拼命，管她是不是女人。

「家好！把天樂放下。」阿龍大哥見情勢不對，連忙大聲嚇阻。

「哼……反正我什麼都沒有了，也不差這件事了吧？」劉家好像是被抽走了靈魂一樣，蓬鬆的頭髮凌亂的散佈在肩上，握著菜刀的那隻手不停的顫抖著。

「妳要什麼我都答應妳，只要不傷害我女兒，什麼都好辦！」心媛抱著宇超來到我身邊，心急如焚的她眼淚含在眼中打轉，不停的哀求對方不要傷害心愛的女兒。

「哼……」劉家好只是冷笑著，看著菜刀離天樂時而近時而遠，我們的心都快跳出來了。

「劉家好，如果妳要合約就拿去，如果妳要頭銜也給妳，只要不傷害我女兒，什麼都好。」我看著劉家好對心媛的提議無動於衷，我也趕忙勸著她。

「我不需要你的施捨！如果要你從此以後不再以廚師自稱，放下所有廚師的行業，你做得到嗎？」劉家好喊著，那把菜刀依然離天樂很近，而我可憐的女兒還在她手裡哇哇大哭。

「好！」我連想都沒想直接答應她。

而她應該也沒料想到我會這麼快就答應她這件事情。

「哼！就說你沒有身為廚師的驕傲。這麼快就妥協，果然一點自尊都沒有。」劉家好嘲笑著。

現在是要我怎麼樣？是女兒的生命重要還是我的事業重要啊？有腦袋的人都知道輕重吧！

「是是是，我沒自尊，妳怎麼說都好，現在可以把我的女兒還給我了吧？」任憑她怎麼嘲笑都無所謂了，只要天樂平安的回到我身邊，只要是我做得到的要求，全部都給她沒關係。

「哼！我偏不要，我就是要看到你痛苦的樣子，這樣吧……如果讓這把刀不小心劃破你女兒的臉頰……這可愛的小臉蛋以後就變成醜八怪囉！」劉家好用刀背反覆的在天樂的臉頰上滑來滑去，我的心臟可都要停了啊！

「妳到底想怎麼樣？」我用盡身上所有的力氣吼出來，她真是欺人太甚了，只不過輸掉一場比賽，沒有她想的這麼誇張啊！而且我都要答應她的要求了，她現在是想怎麼樣？

「從我腳下爬過去，叫我三聲『姑奶奶』，我就考慮放了你女兒。」劉家好把左腳放在椅子上，挑釁的說。

「這裡是天后宮啊！圍觀民眾有兩三百人，妳就不怕遭天譴嗎？」心媛又著急又生氣的說。

「唷！好溫馨的一家情啊！天譴我還真是不怕。紀永安，你爬不爬？不爬我就……」

「欸欸欸！我爬！我爬就是了！」雖然知道她是作勢要傷害天樂，但難保萬一她真的鐵了心，我的女兒就遭殃了，我會一輩子對不起天樂和心媛。

「永安，不要跪。」此時阿龍大哥拉住準備跪下的我。

「給妳三秒放開我的乾女兒。」阿龍大哥的眼神跟以往看到的完全不一樣，充滿銳利的殺氣。

「紀永安不爬，我就不放，她在我手裡，你們能拿我怎麼樣？我只要輕輕的一削，身上會少幾塊肉我可說不準。」

雖然劉家好這麼說，但阿龍大哥畢竟還是大哥，只見他拿出一把弓箭瞄準劉家好。

「提醒妳，我是去年射箭騎馬比賽雙料冠軍。」阿龍大哥無奈的說。

「別做夢了，你要是敢傷害我，這小女孩也別想完整的回去。」劉家好開始慌了。

「一。」阿龍大哥舉起弓，將箭放在上面。

劉家妤只是吞了吞口水，並沒有表示什麼。

「二。」阿龍大哥拉開弓箭並瞄準對方。

「你……」

「我再給妳最後一秒的機會，放開我的乾女兒。」阿龍大哥整個人就像冒火一樣，怒髮衝冠。

「你做夢！」

「三！」

13 心結

在劉家好舉起手準備砍傷天樂的同時，阿龍大哥放出的箭不偏不倚射中了她的右肩。

「啊！」因為痛楚而放開天樂，原本握緊的菜刀也跟著掉落地面。

「叫救護車。」阿龍大哥吩咐完旁邊的小弟後，趕緊跑上前去將天樂抱回來。

「嗚嗚嗚！爸比——媽咪——」受到驚嚇的天樂哭不停，心媛一直安撫著她。

「阿龍大哥，真的很感謝你！你是我們天樂的救命恩人，請受我一拜。」

「欸！你講這什麼見外的話！我是天樂的乾爸，為她做這些是應該的。」阿龍大哥將我扶起來，又不停的安慰著天樂。

「這裡是天后宮，去收驚收一收吧！晚上會比較好睡。」阿龍大哥交待了廟方一些事情後，便帶著我們一家到天后宮的大殿去。

※

故事說到這裡便停了。

「原來這些都是被我遺忘的過去。」天樂一邊看著永安，一邊說。

13 心結

「那時候妳真是九死一生，還好妳乾爸救了妳。」永安一邊將彩色珠子黏進麵糰裡當作老虎的眼睛，一邊說。

「爸……我不知道你以前經歷了這些事情。這一路走來不輕鬆吧？」

「孩子，很多事情的確沒有自己想像中的輕鬆，但也並不困難，只要有心，沒有做不到的事。」

「嗯……對了，後來那個劉家好怎麼了？」

「我也不知道原來那次的比賽對她的打擊會這麼大。她被送去醫院之後有被診斷出人格分裂，也就是得了精神方面的疾病，但是她又沒有親人，所以就被送去精神病院了。」

「什麼？這麼禁不起打擊啊？」

「劉家好住院期間我跟妳媽有去探望過她，但她只要見到我就開始哭。」

「有什麼好哭的？自己弱還好意思哭？」

「孩子，人之所以流淚有時候是因為對自己有期望，卻讓自己失望。她當時也

一定背負著自己父親給的冀望，所以才會把那次的比賽看得這麼重。妳要知道，當甕裡倒出來全部都是我的紅旗時，那種難堪與丟臉，不是一般人承受得起的，也難怪她會有這樣子的反應。」

「也是……我也很難想像如果我自己遇到這樣的挫折，會不會就跟她一樣一蹶不振了。」

「孩子，沒有人會陪妳一輩子，所以妳更要學會獨自奮鬥，然後從中學會堅強與韌性。這就是為什麼我跟妳媽媽一直要妳堅強的原因。」

「嗯嗯！你跟媽媽都曾跟我說過『只要比以前更好，那就是進步』，如果太喜歡跟別人比較會到處碰壁的。」

「沒錯，只要跟自己比就好，太在乎得失反而綁手綁腳無法發揮實力。不過如果有一天非得比個高低也沒關係，因為妳會知道自己還有很多不足的地方可以學習與補強。」

天樂與永安就這麼一來一往的聊了好久，她從來不知道原來寡言的父親話匣子一開是這麼的健談，而她也明白他過去努力白手起家的辛苦，雖然爺爺留了名聲給他，但要鞏固並創新卻也不是件易事。

「爸！阿龍乾爸來找你喔！」此時工作室外傳來宇超的聲音。

「妳乾爸啊！去打個招呼吧！你們很久沒有見了吧？」爸爸將桌子大概收拾一下後，便催促著天樂趕緊去跟長輩打聲招呼。

「我大概四年多沒見到他了吧！」天樂收起筆記，跟永安一起到客廳去。

「阿龍大哥，很久沒來這裡了耶！最近在忙什麼？」永安見到老朋友，熟稔的攀談起來。

「永安啊！哎唷！好久不見你都沒變耶！最近部落裡有人結婚、有人生孩子，有些老舊房屋要翻修，還有政府有在推一個活動，叫什麼……『一鄉一特色』，我也趕快叫我的族人們重新整理我們的部落，這樣就可以開放觀光了。」

「原來是這樣啊！」永安拿出高山茶葉，動作俐落的煮開水、放茶葉，接著將滾燙的熱水倒入茶葉中，瞬間整個客廳都飄著淡淡的茶香味。

「你還是喜歡這一味呢！」阿龍聞了聞那誘人的香味，思緒彷彿被拉到年輕時與永安成為好朋友的場景。

「對啊！我始終如一嘛！」永安也笑著倒了一杯茶給阿龍。

「偶爾換換新口味嘛！」阿龍將茶杯拿到眼前聞了聞後，便輕輕啜了一口。

「喝不慣囉！你先坐一下，我去儲藏室拿茶葉。」永安起身走向地下室。

「乾爸。」此時天樂走進了客廳，有禮貌的打聲招呼。

「哎唷！這不是天樂嗎？好久不見，妳都亭亭玉立了呢！」阿龍稱讚道。

「乾爸，你這麼久沒見到我，都在忙些什麼啊？」天樂坐在沙發上，替自己倒了一杯茶。

「沒什麼！部落裡有些事情要照料。倒是妳，我每次來找妳爸時，他都說妳在學校，什麼事情這麼忙啊？連回家探望父母都還得跟妳預約時間啊？」阿龍喝了一口茶後問。

「哎唷！乾爸你就不要再唸我了吧！學校是真的有很多事情要忙，一年級時要

校歌比賽，二年級要啦啦隊比賽，三年級要準備校慶，四年級要準備專題，還有每年的合唱比賽、話劇比賽跟文學競賽，我真的已經很努力抽出時間回來了嘛！」天樂半撒嬌半抱怨的說。

「什麼學校啊？活動這麼多！」阿龍皺著眉頭，聽到剛剛天樂說的那些活動，他頭都暈了。

「就……一般的大學囉！」天樂聳聳肩，沒有再表示些什麼。

「天樂啊！妳不要怪乾爸多嘴啊！妳有沒有想過畢業之後要做什麼呢？」阿龍看著天樂，順手將自己的茶杯放在茶几上。

「跟語文有關的工作吧！」天樂聳聳肩說：「我是外語系的學生，當然要學以致用啊！」

「有沒有想過要回來家裡幫妳爸爸呀？」阿龍靠在椅背上，雙手交叉在胸前。

「這倒沒有，我學的語文跟家裡的行業沒有相關性吧！如果要回來幫忙也是宇超吧！」自家弟弟唸的是餐飲系，論資質、論經驗也都輪不到自己。

「這樣啊……我想……如果妳願意回來幫忙，妳爸爸應該會很開心。他過去經歷了一段很失意的日子，家裡的生意就跟他的心情一樣一直都在谷底。」阿龍將頭微微抬高，彷彿是在回憶些什麼一樣。

「怎麼會？剛才我跟爸爸在聊天時，他說辦桌業曾風光一時，他還跟我說他跟那個劉家好競賽的事情呢！」天樂聽到阿龍說的那些話，不禁大吃一驚。

剛剛永安才說過去辦桌業很夯呢！怎麼阿龍立刻就說生意不好呢？

「對！那畢竟也是『風光一時』呀！隨著時代的變遷，現在已經很少人要在外面搭棚子吃辦桌了，大多都是轉向餐廳，只有像宮廟舉辦流水席，或是大戶人家喜宴才會有生意可以接。」說完阿龍拿起茶杯喝了一口後，自己拿起了茶壺又將杯子注滿。

「現在也是嗎？爸爸過去到底怎麼了？乾爸你說給我聽嘛！」天樂殷切的看著阿龍。

眼見激起天樂的好奇心，阿龍微微笑著說：「妳怎麼不自己去問問妳爸呢？」

13 心結

「他跟我一樣這麼愛面子，一定不會跟我講啦！而且他才不會說這些讓我跟宇超擔心，有時候他連媽媽都不說。」天樂嘟著嘴，她不喜歡永安將任何事情都放在心裡。

「我們是一家人啊！一家人不就是應該要互相扶持的嗎？」但是天樂卻沒有意識到，自己也遺傳了永安這項特質——「什麼事情都放在心裡。」

「哈哈哈！他不想讓你們擔心嘛！好吧！既然他不說，那就由我來告訴妳。妳出生的八零年代是辦桌業十分興盛的時代，那時家家戶戶無論是嫁女兒、娶媳婦、生孩子、聯考高中等等，只要是喜事都會辦好幾桌來宴客，很多大戶人家甚至都會辦到上百桌；還有宮廟裡神明誕辰或是每年中元普渡，妳爸爸都會接到很多辦桌的電話與生意，忙起來常常累得直不起腰。」阿龍大哥拿出自己的皮夾，一掀開，裡頭還有跟永安的合照。

「這個我有印象，小時候我跟爸爸去附近小學的禮堂辦桌，校長好像是因為自己即將榮調所以大舉宴客，我有去幫忙端菜！」天樂回憶著說，那次真的讓自己累

得半死，隔天還因為太累了所以爬不起來去上課，硬是跟學校請假了兩節課。

「那妳更能知道那種辛苦是用言語無法體會的吧？事前的準備要做足，食材才會保持新鮮；在出菜的時候要謹慎，稍微一不注意就會失味，這樣就很難抓住客人的心了；當客人們散席之後就要清理場地還有大家留下來的杯盤狼藉，這些都需要很大量的體力才能完成。」阿龍依然看著照片，用著彷彿是睹物思人的口氣對著天樂說。

「嗯嗯！如果隔天還有辦桌，那根本就無法休息。」天樂想到過去那種疲累感就覺得好可怕，自己小時候怎麼會咬著牙做了這麼多同年齡的孩子不會做的事呢？

「妳很了解自己父母的行業與辛勞，但是外人並不了解。妳想想，現在人口結構在轉變、社會型態也不同，都市高樓林立，還會有誰想要辦桌？當然全部都上餐館吹冷氣。妳爸爸有好一陣子都接不到生意，被拒絕的原因不是他的手藝不好，而是我剛剛說的，現在大家都想進餐館。」阿龍大哥笑了一下，但隨即又皺起眉頭。

「那……沒有桌可以辦就沒有收入可以供我們上學，但是……爸爸跟媽媽從來

不曾讓我們辦助學貸款呀！」天樂感到吃驚，因為在她的心中多少能理解父母的苦心，只是覺得很不可思議。

「說得沒錯，永安告訴我再怎麼辛苦，只要孩子願意讀書，咬著牙也要讓他們讀完。」阿龍語重心長的說。

「爸爸他……」雖然有猜到這是怎麼回事，但真正聽到阿龍這麼說的天樂，還是覺得過去的自己這麼不懂事，真的很對不起雙親。

「我還記得，有一次妳爸爸整個月都沒有收入，他到處去問人家有沒有要辦桌，但都一直碰壁，還有人回嗆他說：『現在什麼時代了，哪還有人在辦桌？別傻了吧！』因為這句話讓妳爸失落了很久，但他卻一個人放在心裡，偶爾來部落裡找我喝喝小米酒，談談心事。」阿龍的語氣雖然平淡，但還是聽得出他對永安的不捨與憐惜。

「還好爸爸會去找你講話，如果他一個人放在心中早晚會得憂鬱症。只是現在辦桌業的確不好生存，沒有特色、沒有天時地利人和，爸爸真的很辛苦。」天樂聽了這個消息之後也覺得很難過，從小到大她從來沒有聽過爸爸談起這件事情，自己也不會去問。

「沒錯，妳現在理解為什麼妳的父親這麼寡言了吧？時不我與，他這匹好馬遇不上伯樂，也難怪他會消沉好一陣子。」嘆了口氣，阿龍將杯子裡的茶一飲而盡。

「乾爸……我要怎麼樣才能幫助爸爸呢？」天樂難過的問。

「妳學的是外語，乍看之下對家族事業的確沒有幫助，但是如果可以將其推廣出去，讓更多人知道這項在地文化，也許就會有出路。」阿龍抿了抿嘴後說。

「宣傳嗎……」天樂開始進入沉思，她想知道該怎麼做才能達到「宣傳」的效果。

「天樂，不管妳要如何宣傳家族企業，我今天會講這麼多是想告訴妳，這些日子以來一直支持妳爸爸努力往前的，是妳跟妳弟弟。只要你們平安、健康、快樂，就是對妳爸爸最大的報恩，所以乾爸還是很希望妳畢業之後可以回來幫妳爸爸重新創業，走出辦桌的形式。」阿龍大哥將手放在膝蓋上，說出自己由衷的希望。

14 轉型

距離上次阿龍大哥來拜訪又過了兩三個禮拜。天樂聽完乾爸的話之後，每個禮拜都會回家參與父母的工作，而她也感覺到自家的事業很明顯的在衰落，辦桌業的蕭條對永安而言是很大的打擊與難關。

今天天樂起了個大早，外面的天空很藍、很乾淨，沒有雲朵當作點綴，明媚的陽光熱情的照耀著。

天樂家的附近有很多稻田，田邊有一條小溪和幾棵大樹，樹上的蟬唧唧的肆意叫著。

「夏天來了啊！好熱噢！」穿著清涼的短褲與短袖，天樂從房間裡蹦蹦跳跳的來到廚房。

「明明昨天晚上就吃得很飽，怎麼今天早上餓得這麼厲害？真是個吃貨。」天樂在心裡暗自嘲笑著自己。

「爸！」來到廚房，天樂看到父親雙手撐著臉頰，苦惱的坐在餐桌旁。「你整晚都沒睡啊？」

14 轉型

「哦！是天樂啊！」永安苦笑著。

「熬夜對肝不好耶！」天樂給自家父親倒了一杯茶後說。

「你們大學生不也常常熬夜？還好意思說我呢！」永安喝了一口涼水。

「不一樣啊！我們大學生有的是年輕當本錢！老爸你已經不算是年輕人了耶！你以為可以跟二十年前，那個還是小夥子的時候相比嗎？」天樂調侃著自己的爸爸。

「是是是，女兒大人說了算！」永安看著眼前二十多歲的女兒，這才發現一晃眼二十年過了，自己蒼老許多、時代也不停的轉換。

「你整晚都沒睡，在忙些什麼啊？」天樂打開冰箱，從裡面拿出花生巧克力果醬和土司放在餐桌上，那是她為自己準備的早餐。

「我在想要怎麼研發新菜色。」永安看著眼前被自己畫得一團亂的菜單，心中十分煩惱。

「咦？你怎麼不跟宇超一起商量啊？」天樂拿出一片土司，塗上果醬後放進烤吐司機裡。

「宇超才大學二年級，學到的東西並不多，見的世面也不廣……」永安皺了皺眉頭。

「吼！簡單一句你就是嫌他太幼齒，對吧？」天樂瞇著眼笑笑的說。

「誰說我幼齒了？」此時宇超走進廚房裡。

「哎唷！不是有人昨天晚上說今天不睡到十二點不罷休嗎？怎麼八點多就起床了？」天樂看著手錶調侃著宇超說。

「妳管我！我想幾點起床，就幾點起床。」明顯是剛睡醒的宇超回應著。

那一頭凌亂的頭髮沒有整理，穿著睡袍就跑到廚房裡來，他順手拿起剛烤好的吐司往嘴裡送去。

「欸！那是我烤的耶！要吃不會自己烤喔！奇怪！」天樂大叫著，但那一片吐司已經在宇超的嘴裡消失殆盡。

「來不及了，我吃完了咧！」舔了舔手上的果醬，宇超邪惡的笑著。

「算了！我大人有大量，不跟你計較，我自己再烤一片！」天樂沒好氣的說。

「你們剛剛在講什麼啊？什麼我很幼齒？」宇超替自己倒了一杯牛奶後說。

「老爸在研發新菜色，可是一直沒有想法。」天樂接過宇超手中的牛奶，也給自己和永安倒了一杯。

「新菜色啊？找我就對啦！最近學校老師都叫我們要做創意料理。」宇超開心的拉了一張椅子坐在永安旁邊說。

「哦？講來聽聽。」永安聽了很有興趣的問。

「像我們手中這種土司，很多人都用來做『蜜糖土司』，或是用各種容器做成『吐司小點心』。」宇超拿著吐司比劃著說。

「可是麵包類屬於前衛的玩意兒，有沒有比較類似我們古早味的啊？」永安問。

「比較古早味的喔？也是有啊！例如我們會把黑胡椒豬肉用生的高麗菜葉裹起來，在外面灑上麵衣然後下去油炸，就是一道很不錯的菜，然後淋上美乃滋跟巧克力米，吃起來很香喔！」宇超提供意見。

「這樣能吃嗎？我從來沒做過！」永安擔心的說。

「不然也有……水果拼盤。」宇超回憶著。

「整盤都是水果嗎？」永安睜大眼睛問。

「不是，雖然名字是『水果拼盤』，但那是用鳳梨和蘋果搭配山藥和排骨一起下去燉的湯。」宇超喝了一口牛奶後說。

「這樣能喝嗎？以前都是山藥燉排骨，這次加水果進去？」永安不可思議的問。

「不然也有……在海苔上面鋪上一層飯，然後塗上草莓跟葡萄共同調製的果醬，最後放上幾顆梅子，這種也很好吃喔！酸酸甜甜的，很適合夏天吃。」宇超一邊做動作，一邊說。

「飯搭配梅子是還不錯，據說日本人也會這樣吃，不過沾果醬……就有點奇怪了吧？這樣甜不甜、鹹不鹹、酸不酸的，吃了會拉肚子吧？」永安疑惑著宇超提供的意見。

「我們來試試看就知道啦！」天樂聽完之後也覺得這些料理很特別，自己也想試試看。

「不不不，我不允許我的廚房出現這種奇怪的料理。」雖然天樂跟宇超興致勃勃的想做出這些創意料理，但被守舊的永安馬上退回提議。

「老爸！你不試試看怎麼知道會不會成功？人因為害怕所以不敢往前，但別讓懦弱成了自己追求夢想與目標的絆腳石。」宇超理直氣壯的說。

「哇塞！紀宇超先生，你從哪裡看來這樣的句子啊？好激勵人心啊！」天樂懷疑著眼前那位連「絆腳石」都不一定知道意思的自家弟弟。

「欸欸欸！我好歹也是個大學生，這點國文程度難不倒我吧！」宇超沒好氣的瞪了天樂一眼，後者只是輕蔑的笑了笑，並沒有再表示意見。

「老爸！你想了一個晚上都想不出個所以然來，我現在跟你說我有這樣的想法，我們就試著做做看吧！」宇超看著依然眉頭深鎖的永安，努力的說服著。

「這……」永安看起來還是很猶豫，這種大膽的創新他從來沒做過，也許正是因為自己守舊所以無法研發新菜色。

「老爸。面對問題與其苦惱不如勇敢面對它，如此才有解決的一天。也許面對的過程很辛苦、很煎熬，但那也是讓自己成長的一種過程啊！這不是我跟姊姊從小到現在，你跟媽媽一直教導我們的觀念嗎？」宇超眼看永安好像有點動搖了，便更努力的說服著。

「是啊！老爸！看在你兒子國文造詣這麼好的份上，你就答應他吧！一起試試看也不見得是壞事，而且還可以增進親子感情耶！」天樂在一旁不知道是嘲笑宇超，還是幫忙說服。

「這……」永安感到十分不安，因為他從來沒有做出這種嘗試。

「老公，時代不一樣了，年輕人們有年輕人的想法，我們也不應該守舊，多點新元素在菜色裡面，才會讓人覺得耳目一新。」心媛此時也走進來說。

「對啊！爸，你看媽媽都這麼講了。擇期不如撞日，我跟姐姐現在去市場買材料，你先去休息，中午來看看我們的成果。」

「欸欸欸！為什麼是『我們』啊？」聽到宇超這麼開心的說，天樂揪出話中的盲點。

「我們都是爸媽的兒女，當然是『有福同享、有難同當』啊！而且妳還是我姐耶！」宇超理直氣壯的回應著天樂，讓後者不知道該如何反駁這聽似有理，但卻會讓自己累得半死的建議。

「好好好，我們快去快回。爸！你先去休息吧！」宇超站起身，拉著自家姐姐前往離家不遠處的傳統市場。

「你真的很奇怪，幹嘛拖我下水？我又不會煮，從小到大都是負責『吃』，你現在故意把我拉出來是什麼意思？」天樂沒好氣的說。

「姐，爸為了家道中落的事情很沮喪，我想要幫他做點什麼所以才拉妳出來，問妳有沒有什麼想法。」宇超收起剛才嘻皮笑臉的樣子，轉而用嚴肅又成熟的口吻說。

「嗯……其實我也不知道我可以怎麼幫。我既不會煮、對食材的敏銳度又不高，更別談什麼創意了。」天樂也收起要與自家弟弟鬥嘴的心情，認真的思考這樣的問題。

「姐，妳這次的畢業專題是什麼啊？」宇超突然天外飛來一筆的問。

「哦？我沒提過嗎？就是『辦桌』呀！」天樂驚訝的回答，弟弟跟自己感情這麼好，竟然不知道這次畢業專題就是自己的家族企業。

「妳沒跟我講啊！既然這樣就好辦了！」宇超像是突然想到什麼開心的事情一樣，咧嘴大笑。

「什麼好辦？」頭腦簡單的天樂還在一旁搞不清楚狀況。

「姐！妳可以把我們的家族企業介紹出去，我跟爸當天也許可以做一些料理讓你們在場的來賓吃吃看，搞不好就可以接到訂單了耶！」宇超說著似乎可行的計畫。

「我不知道可不可以耶！因為以往我們辦畢業展時，學校的餐飲科都會友情贊助一些小點心，我怕來賓們吃太多反而嚐不出我們自創的料理。」天樂憂心的說。

「那妳去找妳的系主任商量看看可不可以！」宇超建議著。

「這……也要看爸願不願意吧？」天樂不知道為什麼，雖然心中覺得這是個好提議，但是系主任和爸爸會不會答應都不在自己能預料的範圍之內，她不喜歡這種無法掌控的情況。

「有問有機會啊！妳明天回學校上課就順便問！我等一下去說服老爸！如果他

不肯答應，我們就請乾爸去講！」宇超這次真的鐵了心要做出一番事業。

「好好好，不用等明天，我現在直接打電話給系主任。」天樂拿起手機，開始尋找系主任的電話號碼。

「哇！妳真高效率耶！什麼時候跟系主任感情這麼好？該不會是怕期末不及格被留級吧？」宇超笑了笑說。

「關你什麼事？」天樂無情的白了宇超一眼。

「妳很壞耶！跟我講啦！姊——」宇超又開啟了幼稚模式，拉著天樂的手開始撒嬌。

「閉嘴，不要吵。電話接通了！」天樂暗示宇超安靜，自己則靜待著話筒被接起的那一刻。

「妳好，我是紗栗主任。」電話響沒多久，另一頭就傳來一個中年女性的聲音，帶有一點外國口音。

「紗栗主任妳好，我是紀天樂，有些事情想請問妳，請問現在方便說話嗎？」

天樂有禮貌的問。

「好啊！有什麼事情呢？」對方豪爽的回覆。

「是這樣的，因為我抽到的畢業專題題目是『辦桌』，而我的家族企業剛好也是辦桌，我是想問……能不能在我演說結束之後，讓我的爸爸和弟弟露幾手讓嘉賓們品嚐？如此一來那些外國嘉賓們會更深刻的體會到台灣文化。」天樂有禮貌的詢問。

「當然可以啊！有實體的呈獻好過一堆文字照片。」系主任在電話那頭聽起來很開心。

「真……真的嗎？」沒想到系主任會豪爽的答應，天樂一下子反應不過來。

「我很期待妳的表現唷！辦桌女孩。」系主任說完後就自行掛斷電話。

「辦……辦桌女孩？」天樂還傻愣愣的拿著電話，久久說不出話來。自己跟系主任的感情並不算特別好，而且也很確定系主任是第一次知道自己的家族企業，這麼熟稔的叫自己「辦桌女孩」好像哪裡怪怪的。

「姐……姐！」宇超看著天樂發呆的樣子，叫了她幾聲。

「喔……喔！系主任說好。」天樂回神之後才發現，系主任很輕易的就被自己說服了，而且嚴格說起來，那根本不叫『說服』，更貼切的說是『請求』。

「太好了，爸那邊就交給我，我一定可以說服他的。」宇超雀躍的像隻小鳥一樣蹦蹦跳跳，天樂看著自家弟弟這麼開心的樣子，突然覺得自己是幸福的。

「老爸如果知道宇超這麼有心，一定會感到很安慰；如果他知道自己可以在外國人面前宣傳辦桌事業，一定會更開心。」天樂看著開心的宇超，喃喃自語著。

15 辦桌阿伯

「說了幾百次不行就是不行，我絕對不會在外國人面前炒菜？我不答應。」永安在聽完天樂和宇超的建議之後，立刻投出反對票。

這已經不是永安第一次反對了，自從一個星期前，他那一雙寶貝兒女外出買菜後，回來立刻向他提出這個建議，但他卻十分反對。

「為什麼？這麼難得的機會，為什麼要放棄啊？」天樂急躁的說。她不懂有什麼好擔心的，明明就是一個可以宣傳的好機會啊！

「這種不是辦桌的案子，我不接。」永安很有骨氣的回應了自己一雙兒女殷切的期望。

「老爸！不要這麼固執啦！而且你忘了身為廚師的初衷了嗎？你忘了要讓食客們在吃完你的料理後感覺到幸福嗎？」宇超激動的說著。當初他就是因為父親灌輸自己這樣的觀念，所以才會選擇餐飲系，想要繼承父親的想法，讓更多人吃到美味的料理。

「我……」永安也不知道為什麼要反對，彷彿是在害怕來自異國的言語及批

評。

「爸，每個人都希望可以朝夢想邁進，但大多數人都被挫折刺傷自己而放棄。如果選擇進步，就不要怕受傷；如果選擇飛躍，就不要怕跌倒。你曾說過，蚌歷經痛苦後會孕育出美麗奪目的珍珠；我相信人在歷經痛苦後就會創造出驚人的成績，只要我們勇敢接受上天的試煉。」天樂滔滔不絕的說著。

「就是啊！你是我們最引以為傲的父親，勇於嘗試並不會怎麼樣，跌倒了頂多再站起來，拍拍身上的灰塵繼續向前，那沒什麼了不起的啊！」宇超對於永安躊躇的樣子感到十分憂心。

「老爸，有些東西永遠不會逝去，那就是我們的夢想、我們以此驕傲的理由。你就是讓我們引以為傲的那個理由，所以我們希望看到你再次為了自己的夢想而奮鬥。」天樂皺著眉頭，希望父親可以被自己和弟弟所說的一切打動，畢竟跌倒容易，再站起來可不簡單了。

「這……好啦！看你們兩姊弟說成這樣，我如果不答應好像我是『卒仔』一

樣。煮就煮，我們三代家傳辦桌業，還怕征服不了那些阿豆仔的味蕾嗎？我跟他們拼了！」永安看著兒女這麼渴望又這麼努力的想要說服自己，那份為了自己付出的心意他收到了，身為長輩，讓兒女失望就太糟糕了！

「耶耶耶！太好了，老爸答應了！那我們現在快點來想一下當天的菜色。姊，你們那天會有多少人在現場？」宇超一看到永安點頭答應，興奮的心情溢於言表。

「大概有……五十個人左右吧！以往都是這個數量。但是現場只會有二十個學生加上我們系主任共二十一個華人。」天樂算了算後說。

「那就大概是五桌的分量。好！老爸我們現在快點來擬定計畫。」宇超興致勃勃的從客廳拿來紙筆，開始跟自家父親討論起當天的菜色。

「我覺得可以做三絲羹或是老爸你最拿手的魚翅羹。」宇超拿起筆寫下心中第一道菜的想法。

「哎唷！你這小子還知道要推薦魚翅羹啊！那可是我的『二路菜』呢！」永安摸著宇超的頭說。

「二路菜？那是什麼？」宇超疑惑的看著永安問道。

「用魚皮、香菇、白菜、髮菜、肉絲、蝦仁，有時候可以加些筍絲以及魚翅等煮出來的羹稱為『二路菜』，是辦桌裡常見的第二道菜。」永安開心的講解著，在他的想像中，從來沒有出現過這樣教導自己兒子何謂「辦桌」的情節。

父子倆人就這樣一來一往的討論了好久，然後兩人共同研發的新菜色也會拿到左鄰右舍去分享，以收集更多資訊。

天樂則是負責拍照、錄影以及試吃，這段時間天樂對於辦桌業有很大的改觀，小時候那些種種不愉快的記憶也隨著跟自己的雙親還有弟弟這些日子以來的努力而淡化。

※

很快的，系主任給的半年時間到了，天樂昨晚因為太興奮導致今天早上遲到，幸好自己是最後一個，不然萬一讓畢業專題開天窗，她絕對是罪魁禍首。

時間一分一秒的過去，後面的甜點已經被拿得所剩無幾了，台下的國外嘉賓們

辦桌

聽完了同學們一個個介紹完台灣文化後，有的竟打起瞌睡來。

天樂看到這種情況很著急，心中也出現很多不安的想法。

「好的，感謝我們的十九號同學帶來的舞龍舞獅，現在有請第二十號同學，為我們帶來一個以吃為主題的演講。」主持人在台上宣布，天樂深呼吸後便走到台上。

「各位女士先生們午安，在我的演講開始前，我想先為各位播放一段影片。」天樂用英文講出自己預先寫好的講稿。

接著後台控制投影機的同學便開始播放天樂剛才交待自己的影片。影片中清楚的記錄著永安以及宇超辛苦的樣子，當然還有席開百桌的時刻。遇到這種「吃」的主題，許多外國人眼睛都亮起來了，也許是因為快到中午，肚子餓了，天樂的影片一放出來，許多在打瞌睡的嘉賓們都醒了。

「辦桌是最能代表台灣文化的一種筵席活動，只要是婚喪喜慶、滿月酒、春酒尾牙、廟會活動、地方選舉等等，都能辦桌來宴請親朋好友。通常在馬路邊、宮廟

的廣場、學校禮堂或是活動中心作為場地，總鋪師會帶著工人在一旁架起爐灶與備菜的桌檯，現場料理食材。」天樂搭配著影片滔滔不絕的講著。

「不好意思，請問一下什麼是『總鋪師』？」台下某位觀眾發出了疑問。

「主導辦桌菜色與流程的稱為『總鋪師』，而協助備菜上菜的稱為『小工』，以女性居多。」天樂解釋完，發問者點了點頭示意天樂繼續演說。

「辦桌又稱為流水席，每道菜都離不開湯水，吃完一道菜上一道菜，如行雲流水，故有此稱。辦桌行業以一九八零年代最為興盛。雖然乍看之下，辦桌只是將菜餚送到客人的桌上，但其中卻包含了很多禁忌與禮節，而不同的場合會搭配不同的菜色和禮儀，包括碗筷、桌椅的擺設，都有一定的規矩，有時候從菜色上就可看出東家辦桌宴請的目的。」天樂一邊秀出自己拍攝的照片，一邊解釋。

「由於辦桌不需要另外租場地，往往能讓東家所付的費用反應在菜色上，加上客人吃完後會評論菜色的好壞，如果沒有達到料好、價實、味美的境界，可是端不出檯面的。」天樂切到幾張爸爸與弟弟開心製作料理的照片，嘴角也揚起了微笑。

「辦桌的廚師跟一般餐廳的廚師有什麼不一樣嗎？」台下有一位義大利的教授用義大利文提出問題。

「辦桌師傅和一般餐廳師傅最大的不同就是『手腳要快』！辦桌師傅除了桌數較少的辦桌要接之外，連一般餐廳或是飯店因場地限制而無法辦成的百桌宴席都會接下來。因為那正是他們的拿手絕活，數百桌的接單才是辦桌師傅展現實力的時候，不但手腳快又要思路清晰、條理分明，這是成為辦桌師傅的重要條件。」天樂用流利的英文回答教授的問題。

「另外在菜餚的準備上也因為過去的材料沒有現今的豐富，所以任何一項菜餚都必須依靠人力一樣一樣的打點好，因而需花費的人力相當龐大。」天樂按下結束鍵，畫面立刻跳回原本的電腦桌面。

「雖然辦桌業是即將沒落的產業，但我相信身為總舖師的他們會繼續在料理這條路上堅持並做出改良。正午時分大家肚子一定也餓了吧?我讓家父及小弟替各位帶來最道地的辦桌菜餚，請各位細細品嚐。」天樂話剛說完，禮堂的大門就打開了，永安和宇超推著早先在家裡料理好的菜餚走進來，瞬間整個禮堂香味四溢，聞到這些味道的嘉賓們一個個精神都來了。

「請各位不吝指教。」天樂說完便放下麥克風，跑到宇超旁邊幫忙遞碗筷。

看到這一幕而感到神奇的外國嘉賓們開始嚐起永安的拿手好菜，雖然只有三道菜，卻讓在場的人吃得津津有味。

「請問一下，我的兒子三個月後要娶新娘，我能邀請你來到我們的莊園替我們辦桌嗎？這一定會是一場很特別的婚宴。」一位濃眉大眼、留著山羊鬍、挺著圓滾滾大肚子的外國男子，用生硬的國語詢問永安。

「莊……莊園？請問在哪裡呀？」永安睜大眼睛問。

「在德國，我願意支付機票錢讓你來回，至於人手，我那邊都可以調度。所有的僕人任你差遣。」那位德國人一邊喝著魚翅羹，一邊說。

「德……德國？好遠啊！」永安先是脫口而出，隨即又尷尬的笑了笑。

「老爸！你接到國外訂單了耶！」宇超在一旁開心的說。

「傻孩子！德國這麼遠，當地的食材又不知道好不好，貿然過去萬一辦不好可是會砸了你爺爺的招牌呀！」永安著急的說。

「沒關係，你可以帶姐姐去啊！反正她那時候都畢業了，幫忙國民外交也是應該的。」宇超看了看天樂，竊笑了起來。

「這位先生，因為德國有點遠，不過我還是會很慎重的考慮這個邀請的。」永安委婉的想拒絕對方，雖然是很難得的機會，但是德國真的太遠了。

「沒關係，如果你回心轉意，請告訴我，有你的協助我相信我兒子會有一場很棒的婚禮。」那位德國先生遞出自己的名片後又繼續去盛了一碗魚翅羹，「唏哩呼嚕」的喝起來。

「天樂，門外有記者說要採訪妳爸爸耶！」此時一個同學跑向天樂並告知門外來了特別的嘉賓。

「什麼？記者？」天樂感到很驚訝，一個小小的畢業成果展為什麼會有記者的到來？

「請問一下哪一位是紀天樂小姐？」拿著麥克風的記者首先跑到天樂面前來。

「我……我是！請問你們怎麼會來到這裡啊？」天樂看著那位記者身後那位扛著一台十分龐大錄影機的男子，傻傻的笑了一下。

「我是紗票主任的朋友，她打電話給我，希望我能幫她這個忙。」記者首先整理一下自己的儀容後說明來意。

「幫她的忙？什麼忙？」天樂還是一頭霧水。

「紗票主任的家庭也是從事辦桌業，但是父母卻在一場意外中雙雙身亡。她看到妳和家人們這麼努力的樣子，她決定要讓這個行業重新發光發亮。」那位記者拿出一支唇蜜，小心翼翼的塗在嘴唇上。

「這樣啊……我覺得妳問我不準，妳該去問我爸爸，那位穿著藍色上衣的男子就是我爸。」天樂不打算告訴父親有記者的來臨，也許這會是一個驚喜。

※

「快點、快點，今天如果沒吃到，就要等一個月了耶！」行人號誌變成了綠

燈，三個女孩跑到某間美麗的歐式建築裡，特別的外觀很能抓住人們的視線，雖然裡頭的餐點便宜好吃，但店名卻具有台灣文化的感覺——「辦桌阿伯」。

「妳好，請問要點些什麼呢？」一位長相清秀的服務生拿出菜單，有禮貌的問著。

「啊！天樂學姐？」眼尖的女孩發現那位服務生正是自己的直系學姐。

「唉呀！小檸是妳啊！」

「學姐妳在這裡打工啊？」

「沒有啊！這裡是我爸的餐館。」

「什麼？」

隨著服務生笑笑的臉，三位來用餐的女孩們驚訝的看著她。

原來今年畢業的天樂幫忙父親在自己的學校附近開了一間小餐館，裡頭的裝潢全是天樂和心媛共同設計的。

「今天是出發前的最後一天營業，明天我們就要飛去德國囉！妳們想吃什麼

呢？」天樂依然笑笑的看著眼前可愛的學妹們。

「天樂，今天的招牌菜是『蠔油炒三鮮』，記得推薦給客人唷！」廚房裡傳來永安的聲音。

「都聽到囉！要不要來一盤呢？」天樂依然笑笑的看著學妹們。

「要！」整齊的回答讓天樂將菜單送進廚房裡，她知道父親一定會在這條自己選擇的道路上，努力堅持走下去，而母親也一定會百分之百給予支持，能夠擁有這樣的雙親讓天樂引以為傲。

你呢？有沒有也繼續堅持著自己的夢想，然後一步步無畏風雨的努力實現呢？

培育文化

勵志學堂 44

辨桌

作者　溫　妮
責任編輯　王成舫
美術編輯　蕭佩玲
封面設計　蕭佩玲

出版者　培育文化事業有限公司
信箱　yungjiuh@ms.45.hinet.net
地址　新北市汐止區大同路三段一九四號九樓之一
電話　（02）8647-3663
傳真　（02）8674-3660
劃撥帳號　18669219
CVS代理　美璟文化有限公司
TEL／(02)27239968
FAX／(02)27239668

總經銷：永續圖書有限公司
永續圖書線上購物網
www.foreverbooks.com.tw

法律顧問　方圓法律事務所　涂成樞律師
出版日期　2013年11月

國家圖書館出版品預行編目資料

辨桌 / 溫妮著. -- 初版.
-- 新北市 : 培育文化, 民102.11
面 ;　公分. -- (勵志學堂 ; 44)
ISBN 978-986-5862-20-6(平裝)
859.6　　102019110

※為保障您的權益，每一項資料請務必確實填寫，謝謝！

姓名		性別	□男　□女
生日	年　月　日	年齡	
住宅地址	郵遞區號□□□		
行動電話		E-mail	

學歷

□國小　□國中　□高中、高職　□專科、大學以上　□其他______

職業

□學生　□軍　□公　□教　□工　□商　□金融業

□資訊業　□服務業　□傳播業　□出版業　□自由業　□其他______

謝謝您購買 辦桌 與我們一起分享讀完本書後的心得。務必留下您的基本資料及電子信箱，使用我們準備的免郵回函寄回，我們每月將抽出一百名回函讀者，寄出精美禮物以及享有生日當月購書優惠！想知道更多更即時的消息，歡迎加入"永續圖書粉絲團"

您也可以使用以下傳真電話或是掃描圖檔寄回本公司電子信箱，謝謝！

傳真電話：（02）8647-3660　電子信箱：yungjiuh@ms45.hinet.net

●請針對下列各項目為本書打分數，由高至低5～1分。

	5	4	3	2	1		5	4	3	2	1
1.內容題材	□	□	□	□	□	2.編排設計	□	□	□	□	□
3.封面設計	□	□	□	□	□	4.文字品質	□	□	□	□	□
5.圖片品質	□	□	□	□	□	6.裝訂印刷	□	□	□	□	□

●您購買此書的地點及店名______

●您為何會購買本書？

□被文案吸引　□喜歡封面設計　□親友推薦　□喜歡作者

□網站介紹　□其他______

●您認為什麼因素會影響您購買書籍的慾望？

□價格，並且合理定價是______　□內容文字有足夠吸引力

□作者的知名度　□是否為暢銷書籍　□封面設計、插、漫畫

●請寫下您對編輯部的期望及建議：

★請沿此線剪下傳真、掃描或寄回，謝謝您寶貴的建議！

221-03

新北市汐止區大同路三段194號9樓之1

FAX：（02）8647-3660

E-mail：yungjiuh@ms45.hinet.net

培育

文化事業有限公司

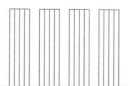

讀者專用回函

辦桌

培養文化育智心靈的好選擇